NOITES BRANCAS

DOSTOIÉVSKI

NOITES BRANCAS

1848

Camelot
EDITORA

ENCONTRE MAIS
LIVROS COMO ESTE

Título original: White Nights

1ª Impressão 2025

Presidente: Paulo Roberto Houch
MTB 0083982/SP

Coordenação Editorial: Priscilla Sipans
Coordenação de Arte: Rubens Martim (Capa)
Tradução, Revisão e Notas: Mirella Moreno
Apoio de Revisão: Guilherme Aquino

Vendas: Tel.: (11) 3393-7727 (comercial2@editoraonline.com.br)

Foi feito o depósito legal.
Impresso no Brasil.

Dados Internacionais de Catalogação na Publicação (CIP)
de acordo com ISBD

D724n Dostoiévski, Fiódor

Noites Brancas / Fiódor Dostoiévski. – Barueri :
Camelot Editora, 2025.
96 p. ; 15,1cm x 23cm.

ISBN: 978-65-6095-379-6

1. Literatura russa. I. Título.

2025-4198 CDD 891.7
CDU 821.161.1

Elaborado por Odilio Hilario Moreira Junior - CRB-8/9949

IBC — Instituto Brasileiro de Cultura LTDA
CNPJ 04.207.648/0001-94
Avenida Juruá, 762 — Alphaville Industrial
CEP: 06455-010 — Barueri/SP
www.editoraonline.com.br

SUMÁRIO

Fiódor Dostoiévski, em 1861, fotografado por Mikhail Borisovich Tulinov.

APRESENTAÇÃO

Do Cárcere à Imortalidade: A Vida e o Legado de Dostoiévski

Nascido em Moscou, em onze de novembro de 1821, Fiódor Mikháilovitch Dostoiévski veio de uma família de classe média. Seu pai, Mikhail Andréievitch Dostoiévski, era um médico rigoroso, enquanto sua mãe, Maria Fiódorovna, era uma figura gentil e caridosa, por quem Fiódor nutria um carinho profundo.

Dostoiévski dividiu seus primeiros anos entre os hospitais onde o pai atuava e a propriedade rural da família, Daravóie, local de suas memórias mais felizes da infância, até que, em 1834, ele e o irmão Mikhail foram enviados a um externato, transição esta que foi duramente sentida por Fiódor.

Em 1836, Dostoiévski sofreu uma das maiores perdas de sua vida: a morte da mãe. A partir de então, o jovem passou a ser criado apenas pelo pai que, dois anos depois, em 1838, forçou o rapaz a prestar a prova para a Academia de Engenharia Militar. Essa decisão foi imposta apesar do claro desejo de Fiódor em seguir a carreira literária, já que seu pai acreditava que o caminho militar seria o mais adequado para o futuro do filho. É provável que nessa época tenha se iniciado o vício de Dostoiévski em jogos, pois é sabido que escreveu muitas vezes para o pai solicitando dinheiro, chegando a mencionar grandes dívidas.

Dostoiévski perdeu o pai em 1839, cuja morte foi cercada por rumores de assassinato, muito embora nada tenha sido comprovado. A versão mais aceita entre os biógrafos é que o velho Dostoiévski tenha morrido por questões de saúde. Sem a presença do pai, Fiódor se viu livre para se dedicar à carreira literária. Nesse mesmo ano, ele conheceu a figura de Ivan Chidlóvski, funcionário público, mas cujo verdadeiro amor era a literatura, um dos motivos pelos quais veio a ser uma espécie de mentor e primeiro incentivador da carreira literária do jovem Fiódor.

Nos anos seguintes, Dostoiévski tentou ingressar no mundo das letras através da tradução e da escrita de peças. A empreitada, no entanto, não foi bem-sucedida, sendo apenas em 1846 o ano de lançamento do seu primeiro livro: *Gente Pobre*, obra de sucesso instantâneo entre o público e a crítica.

Com a fama, o autor passou a frequentar círculos de intelectuais que discutiam ideias revolucionárias. Por isso, acabou sendo preso pelo regime tsarista, em 1849, e enviado para a Fortaleza de Pedro e Paulo. Após investigações e vários interrogatórios na prisão, Dostoiévski foi condenado à morte. Numa encenação perversa por parte do czar, ele e outros presos foram enviados para o fuzilamento, mas no momento da execução, a pena foi comutada para exílio. Dessa forma, Dostoiévski foi condenado a quatro anos de trabalho forçado e, depois, a servir o exército por tempo indeterminado.

A experiência de exílio na Sibéria, com destaque para as situações extremas e desumanas durante o trabalho forçado, afetou substancialmente a vida e a obra de Dostoiévski. Em 1854, ano em que foi libertado, ele foi encaminhado para servir como soldado raso no exército, período em que conheceu sua primeira esposa, Maria Dmítrievna Issáieva.

Em 1861, já de volta a São Petersburgo, Fiódor fundou, junto ao irmão, Mikhail, a revista literária *O Tempo*. Dois anos depois, no entanto, o veículo de comunicação foi censurado e fechado pelo governo. Persistentes, os dois lançaram uma nova revista, *A Época*, em 1864. Não obstante, por um golpe do destino, esse ano foi marcado por tragédias na vida pessoal do escritor, culminando com a morte de sua esposa por tuberculose e, pouco tempo depois, a de seu irmão, Mikhail, em decorrência de um problema no fígado.

Desolado pela morte do irmão, Dostoiévski precisou gerenciar sozinho uma revista afundada em dívidas, ajudar a família falida de Mikhail e pagar altas somas em dinheiro devidas por conta de seu vício em jogos. Desesperado, o escritor acabou firmando um acordo perigoso com o editor Stellóvski, em 1865. Dostoiévski conseguiu um adiantamento financeiro, mas, em troca, assumiu a entrega de um livro até novembro do ano seguinte, caso contrário, Stellóvski teria o direito de publicação de *todas* as obras do escritor.

Infelizmente, Dostoiévski perdeu todo o dinheiro jogando pela Europa e, sem ter nenhum material escrito pronto faltando um mês para o fim do prazo, acabou contratando uma estenógrafa para conseguir produzir um livro em um curto período. Foi assim que Anna Grigórievna Snítkina acabou na porta de Fiódor. Juntos, eles terminaram a obra *O Jogador* no tempo acordado e Anna se tornou sua segunda esposa.

Em 1867, Fiódor e Anna foram morar na Europa para escaparem dos credores do autor, mas Dostoiévski continuou jogando e acumulando mais dívidas. O casal chegou a precisar penhorar a aliança de casamento, mas, mesmo assim, Anna sempre se mostrou paciente com o vício do marido.

O casal teve alguns filhos. A primeira foi Sofia, no início de 1868, que infelizmente morreu pouco depois do nascimento. Em setembro de 1869, Anna deu à luz Liubov, parto ocorrido tranquilamente, apesar do medo da mãe. Em 1871, já de volta a São Petersburgo, depois de quatro anos no exterior, nasceu Fiódor. Por fim, em 1875, veio ao mundo Aleksei, mas, em outra dura fatalidade, o menino faleceu de forma trágica, aos três anos, após um ataque de epilepsia que durou mais de doze horas. Dostoiévski ficou devastado com a perda do caçula, principalmente porque a doença foi herdada dele.

Nesse momento, em 1878, Dostoiévski já era um escritor renomado, tendo publicado algumas de suas obras-primas, como *Crime e Castigo* e *Os Demônios*. Mas foi nesses últimos anos de sua vida que ele escreveu *Os Irmãos Karamázov*, obra que deixou o público russo fascinado e ansioso para a publicação de cada fascículo.

O autor morreu de hemorragia pulmonar em 9 de fevereiro de 1881, na sua casa, em São Petersburgo. Uma multidão de aproximadamente trinta mil pessoas acompanhou o seu enterro para prestar homenagem a um dos maiores escritores da literatura mundial.

Entre o Sonho e a Realidade: A Trama de Noites Brancas

Clássico da literatura russa, *Noites Brancas* é uma das obras-primas menores de Dostoiévski e foi publicada originalmente em 1848. A novela é a publicação do autor que mais se aproxima do Romantismo e aborda temas fundamentais como solidão, amor, sonhos e desilusão.

Trata-se de um livro de impacto duradouro que reflete a complexidade das emoções humanas e prenuncia o talento de Dostoiévski em explorar a psique de seus personagens.

Embora não seja tão conhecida quanto *Crime e Castigo* ou *Os Irmãos Karamázov*, *Noites Brancas* ocupa um lugar especial na literatura mundial. Sua simplicidade aparente esconde camadas de significado, enquanto a trama, ambientada nas românticas e enigmáticas noites brancas de São Petersburgo, convida o leitor a uma experiência profundamente emocional e introspectiva.

A novela utiliza o fenômeno natural das noites brancas do verão russo — em que o céu permanece claro durante a noite — como pano de fundo para uma narrativa que se desenrola em quatro encontros consecutivos entre os dois protagonistas. A São Petersburgo retratada por Dostoiévski é uma cidade de contrastes: grandiosa e fria, movimentada e solitária. Já o narrador é um sonhador que vive à margem da sociedade, perdido em seus próprios pensamentos e fantasias.

A figura do sonhador, embora comum na literatura da época, começou a ser duramente criticada no meio literário russo em meados da década de 1840. Na verdade, todo o romantismo alemão virou alvo de ataques, acusado de promover a desconexão com o mundo e de criar uma lacuna entre o ideal e o real. Essa crítica, em grande parte, emergiu da contestação a uma ideologia cujo romantismo bebia: o idealismo alemão de Kant, Hegel e Ludwig Feuerbach, que passou a ser visto como excessivamente idealista.

Por isso, *Noites Brancas*, lançado em 1848, foi na contramão da sua época, que começava a privilegiar o Realismo. Apesar disso, a obra foi bem recebida pelos críticos, diferente de outras obras menores do autor. Algumas delas, inclusive, levaram Bielínski, principal crítico literário da época e anteriormente admirador de Dostoiévski, a acusá-lo de tentar fundar uma nova escola literária.

É importante observar que o título desta obra não se refere apenas ao fenômeno natural, mas também simboliza o estado de transitoriedade e efemeridade dos encontros entre os dois protagonistas. As "noites brancas" são um tempo de sonho, mas também um prelúdio para o inevitável retorno à realidade.

Noites Brancas: O Retrato Social da Obra

Noites Brancas foi escrita em um período em que Fiódor Dostoiévski estava no início de sua carreira literária, antes de sua prisão e exílio na Sibéria, fato que transformaria sua visão de mundo e seu estilo literário. Em 1848, Dostoiévski ainda era um jovem autor promissor, com apenas 27 anos, que havia obtido certo reconhecimento com sua obra de estreia, *Gente Pobre*.

O ano de 1848 também foi marcado por tensões sociais e políticas na Europa, com movimentos revolucionários que buscavam igualdade e justiça social. Na Rússia, porém, o regime czarista ainda mantinha um controle rígido, e os escritores precisavam abordar temas sociais e políticos com cautela. *Noites Brancas* reflete esse momento, apresentando uma história introspectiva e emocional, que evita críticas explícitas à sociedade, mas que ainda assim captura a alienação e os dilemas existenciais de seus personagens.

Sem dúvida, é uma obra que transcende sua época e cultura e sua influência pode ser vista em outros autores que exploraram a solidão urbana, os sonhos e as desilusões. Além disso, a novela é um ponto de entrada ideal para o universo de Dostoiévski, permitindo aos leitores experimentar sua sensibilidade artística e sua habilidade em criar personagens emocionalmente autênticos e cativantes.

A influência de *Noites Brancas* é evidente em diversas obras literárias e cinematográficas. O tema da solidão e do encontro efêmero foi explorado em livros como *O Grande Gatsby*, de F. Scott Fitzgerald, e em filmes como *Antes do Amanhecer* (1995), de Richard Linklater. A obra também inspirou adaptações cinematográficas e teatrais, incluindo o filme italiano *Le Notti Bianche* (1957), de Luchino Visconti, e a versão indiana *Saawariya* (2007).

Entre as características marcantes de *Noites Brancas*, destacam-se:

• Exploração psicológica: a narrativa é profundamente introspectiva, com um foco nas emoções e pensamentos dos personagens. Essa abordagem psicológica se tornaria uma marca registrada do autor em obras posteriores.

• Temas existenciais: questões como o sentido da vida, o amor, a solidão e a conexão humana permeiam a trama.

• Uso da cidade como personagem: São Petersburgo não é apenas o cenário da história, é também um elemento ativo, refletindo o estado emocional dos personagens.

• Narrativa lírica e melancólica: o tom da novela é, ao mesmo tempo, poético e melancólico, capturando a beleza e a tristeza das esperanças frustradas.

Dostoiévski por Trás das Páginas

Ler Dostoiévski é sempre uma experiência imersiva, não só nas profundezas da alma humana, mas também nos contornos de uma época marcada por instabilidade política, transformações sociais e inquietações espirituais. Seus romances mais famosos frequentemente ganham destaque por sua densidade psicológica, suas tensões filosóficas e pelo retrato de personagens em crise diante do sofrimento, da fé e da culpa. No entanto, há muito além desses grandes temas. Há uma rede de detalhes curiosos, episódios pouco comentados e conexões inesperadas que também ajudam a revelar a complexidade de seu pensamento e de sua trajetória como escritor.

Ao lado das obras monumentais, Dostoiévski se envolveu com projetos editoriais, defendeu ideias que nem sempre se enquadravam nos grandes movimentos de sua época e se relacionou com figuras históricas que moldaram, direta ou indiretamente, a literatura e a cultura russas. Seus escritos foram palco não apenas de personagens atormentados, mas também de experimentações narrativas ousadas, sátiras afiadas e posicionamentos políticos ambíguos. A força de sua obra está, justamente, em sua multiplicidade: ele não foi apenas um autor de romances densos, mas também um articulador cultural atento às contradições de seu tempo.

Reunimos, a seguir, algumas curiosidades que escapam às leituras mais tradicionais, mas que podem enriquecer a experiência de quem mergulha em *Noites Brancas* e em outros textos do autor. São fragmentos da vida e da obra de Dostoiévski que, por menores que pareçam, lançam novas luzes sobre sua escrita e ajudam a entender por que, um século e meio depois, ele continua provocando, inquietando e revelando a alma humana sob novas perspectivas.

- Em 1846, Dostoiévski surpreendeu o mundo literário ao publicar sua segunda obra, *O Duplo,* apenas duas semanas após sua estreia com *Gente Pobre*. Enquanto o primeiro livro foi amplamente elogiado por seu realismo social, o segundo causou estranhamento por sua abordagem psicológica e experimental. A diferença entre os dois já indicava a complexidade do autor e sua disposição de romper com expectativas desde o início da carreira.
- Na década de 1860, após seu retorno do exílio na Sibéria, Dostoiévski, ao lado de seu irmão Mikhail, fundou duas revistas literárias: *O Tempo* e, depois, *A Época*. Esses periódicos foram veículos importantes para uma corrente chamada *pótchvienniutchestvo*, que buscava uma nova síntese cultural entre as raízes populares russas e os valores da elite intelectual. O autor utilizou esse espaço para publicar textos e refletir sobre os rumos da Rússia com grande liberdade.
- Durante esse mesmo período, Dostoiévski manteve um relacionamento turbulento com Apollinária Súslova, figura forte, independente e influente em sua vida pessoal e literária. Ela inspirou diversas personagens femininas marcantes em seus romances. Como curiosidade adicional, sua irmã foi a primeira mulher a se formar em medicina na Rússia, um feito notável no contexto da época.
- Inicialmente, Dostoiévski pretendia escrever um romance intitulado *Os Bêbados*, centrado nas consequências do alcoolismo. A ideia, porém, foi deixada de lado e acabou dando origem a *Crime e Castigo*, obra que se tornaria um marco na literatura mundial. Ainda assim, o autor não descartou totalmente o material já concebido: elementos da trama de *Os Bêbados* foram incorporados como enredo secundário em *Crime e Castigo*, especialmente na história da família Marmeladov.

- Após a criação de *O Jogador*, Dostoiévski compartilhou com Anna a ideia para uma nova obra centrada na psicologia de uma jovem e seu amor por um homem mais velho, doente e fracassado. Incapaz de resolver o desfecho da história, o autor pediu a opinião de Anna: seria verossímil que essa jovem correspondesse ao amor desse homem? Anna, profundamente tocada, respondeu com firmeza: "Se ela realmente o ama, será feliz também". Dostoiévski então a surpreendeu: "Imagine que o artista sou eu... O que você responderia?" Sem hesitar, Anna declarou seu amor. Esse momento selaria o início de uma parceria afetiva e literária que sustentaria o autor nos anos mais turbulentos de sua vida.
- Mesmo após o casamento, o vício de Dostoiévski o mantinha em constante aperto financeiro. Ele chegou a penhorar não apenas seus próprios pertences, mas também bens de sua esposa, incluindo o anel de noivado e vestidos de Anna. Apesar disso, recusava-se a abandonar responsabilidades com aqueles que dependiam dele. Pedia dinheiro emprestado a familiares e editores, mas fazia questão de enviar ajuda à viúva e aos filhos de seu irmão Mikhail, bem como ao enteado, fruto do primeiro casamento de sua ex-esposa.
- Durante uma visita ao Museu de Basileia, Dostoiévski se deparou com *O Corpo de Cristo Morto na Tumba*, pintura de Hans Holbein[1]. A imagem crua do corpo destruído de Cristo abalou profundamente sua fé e inspirou simbolicamente *O Idiota*. Para ele, a tela representava a brutalidade da natureza diante do sagrado, e ainda assim, identificava-se com o impulso do artista em confrontar a fé com sua negação, e superá-la com uma afirmação renovada, mesmo que trágica.
- Entre as décadas de 1940 e 1960, a editora José Olympio lançou a Coleção Dostoiévski, tornando-se a primeira a publicar, no Brasil,

1 Hans Holbein, o Jovem, foi renomado um pintor suíço do século XVI. Conhecido por retratar diversas noivas em potencial para Henrique XVIII, como Ana de Cleves, Holbein também produziu o retrato mais famoso do monarca inglês que, embora o original tenha sido destruído em um incêndio em 1698, ainda perdura por meio de reproduções. (N. do R.)

uma coleção inteiramente dedicada a um autor estrangeiro. A iniciativa foi decisiva para a difusão da obra do escritor russo em língua portuguesa, introduzindo muitos leitores brasileiros ao universo denso e filosófico de Dostoiévski.

- Quando Dostoiévski começou sua carreira literária, a alfabetização no Império Russo era extremamente baixa e, na sua juventude, a porcentagem da população que sabia ler era de 5% a 10% — estimativa feita com base na medição oficial que ocorreu apenas em 1897, dezesseis anos após a morte de Dostoiévski, que revelava que a taxa atual ainda era modesta, com 21% de alfabetizados. Isso significa que Dostoiévski escrevia, em grande parte, para uma elite instruída, mesmo tratando de temas profundamente ligados ao sofrimento e às angústias das camadas mais populares da sociedade.
- O próprio sobrenome de Dostoiévski, e alguns de seus traços físicos, denunciavam uma possível origem polonesa, algo que, para ele, soava quase como uma afronta à sua identidade russa. Há relatos de que o autor afirmava, com certa amargura, que se algum dia descobrisse ter "uma só gota de sangue polaco", trataria de se "purificar" imediatamente. A polêmica declaração revela como questões de nacionalidade e pertencimento eram sensíveis e politizadas em sua época, especialmente em um império marcado por conflitos étnicos e culturais constantes.
- Na infância de Dostoiévski, certas normas sociais moscovitas deixaram marcas duradouras. Uma delas dizia respeito ao uso obrigatório de libré, o uniforme cerimonial dos criados, em determinadas situações públicas. Quando Maria Fiódorovna, mãe do autor, saía a pé, o criado a seguia vestindo um chapéu de três bicos, a libré, exibindo uma postura altiva. Se ela usava carruagem sem o marido, a cena se repetia, com o lacaio de pé no estribo, como ditava a etiqueta. O irmão do escritor, Andrei, lembra o costume com ironia, e é possível ver esse eco em *O Duplo*: o senhor Goliádkin, ansioso por status, alugou uma carruagem e uma libré para seu criado descalço, Petruchka, numa tentativa quase cômica de afirmar sua posição diante da sociedade.

- Maria Fiódorovna, mãe de Dostoiévski, era conhecida por sua bondade e generosidade com os camponeses de Darovóie, onde a família possuía terras. Na primavera, ela distribuía sementes aos mais pobres, mesmo quando isso era malvisto por outros proprietários, que consideravam tal atitude um estímulo à ociosidade. Sua disciplina era suave, muito diferente da rigidez exigida pelo marido, que chegou a censurá-la por carta, pedindo mais severidade. No entanto, quase cem anos depois de sua morte, sua lembrança ainda era preservada pelos descendentes daqueles camponeses como símbolo de indulgência e humanidade.

Essas curiosidades revelam um Dostoiévski que vai muito além da figura do gênio atormentado que costuma habitar os manuais escolares. Vemos aqui um homem que escreveu sob pressão, ditou romances com prazos impossíveis, lidou com vícios, doenças, perdas e exigências editoriais, mas que nunca deixou de escrever. Seus dramas íntimos alimentaram sua arte, e esta, por sua vez, ofereceu forma e sentido às suas dores mais profundas.

Mais do que apenas um autor de grandes ideias, Dostoiévski foi um artista visceralmente conectado à própria experiência e às contradições do ser humano. Cada crise financeira, cada paixão, cada dúvida sobre a fé ou a justiça aparecem refletidas, disfarçadas ou amplificadas nas páginas de seus livros. Conhecer os bastidores de sua vida é como encontrar chaves ocultas para a leitura de sua obra: tudo ali é vivido, sentido e transformado em literatura.

Ao reunir esses episódios, o que se revela é um retrato multifacetado, feito de quedas e lampejos de fé, de impulsos destrutivos e gestos generosos. E talvez seja exatamente por isso que seus personagens — tão humanos e tão falhos — continuam a falar conosco com tanta força até hoje.

Bibliografia:

FRANK, JOSEPH. *Dostoiévski: Um Escritor em seu Tempo*. São Paulo, Companhia das Letras, 2018.

FRANK, JOSEPH. Dostoiévski: Os Anos de Provação, 1850-1859. São Paulo, EDUSP, 1999.

NOITES BRANCAS

A história sentimental do diário de um sonhador

Fiódor Dostoiévski em 1863.
Autor desconhecido.

PRIMEIRA NOITE

Era uma noite maravilhosa, daquelas que só são possíveis quando somos jovens, querido leitor. O céu estava tão estrelado, tão brilhante, que, ao olhar para ele, era impossível não se perguntar se pessoas mal-humoradas e caprichosas poderiam viver sob um céu assim. Essa é uma pergunta infantil também, caro leitor, muito, mas que o Senhor a coloque com mais frequência em seu coração...!

Falando de pessoas caprichosas e mal-humoradas, não posso deixar de lembrar do meu estado de espírito durante todo aquele dia. Desde cedo, uma estranha melancolia me oprimia. De repente, parecia que eu estava sozinho, que todos me abandonavam e se afastavam de mim. É claro que alguém poderia perguntar quem seriam esses "todos". Afinal, embora vivesse há quase oito anos em São Petersburgo, eu mal tinha conhecidos. Mas o que eu iria querer com conhecidos? Eu conhecia toda São Petersburgo do jeito que ela era; por isso sentia como se todos estivessem me deixando enquanto toda a cidade se preparava para partir para o campo.

Eu temia ficar sozinho e, por três dias inteiros, vaguei pela cidade em profunda tristeza, sem saber o que fazer comigo mesmo. Mesmo se caminhasse pela Nevsky[1], fosse aos jardins ou passeasse pelo cais, não havia sequer *um* rosto daqueles com os quais eu estava acostumado a cruzar, sempre nos mesmos horários e lugares durante o ano inteiro. Eles, claro, não me conheciam, mas eu os conhecia. Conhecia-os intimamente, quase estudava seus rostos, alegrava-me quando pareciam felizes e me entristecia ao vê-los preocupados.

Quase fiz amizade com um senhor que encontrava religiosamente todos os dias, à mesma hora, na Fontanka[2]. Um rosto tão sério e pensativo; ele está sempre murmurando algo para si mesmo e gesticulando com o braço esquerdo, enquanto na mão direita segura uma bengala longa e retorcida com um pomo dourado. Ele até percebe a minha presença e demonstra um interesse caloroso por mim. Se por acaso não apareço em certo horário no mesmo lugar da Fontanka, estou certo de que ele sente a minha ausência. É por isso que quase nos cumprimentamos, especialmente quando ambos estamos de bom humor. Outro dia, depois de dois dias sem nos ver, nos encontramos no terceiro. Estávamos quase levantando os chapéus, mas percebemos a tempo e apenas trocamos olhares de curiosidade.

Conheço também as casas. Enquanto caminho, parecem avançar pelas ruas para me espiar de cada janela, quase dizendo: "Bom

1 Nevsky Prospekt, uma das avenidas mais famosas e movimentadas de São Petersburgo, na Rússia. É uma via central da cidade, repleta de lojas, cafés, edifícios históricos e pontos de encontro.

2 Canal localizado no centro de São Petersburgo. Ele corre ao longo de uma importante avenida da cidade e é um dos principais da região, com várias pontes ligando suas margens.

dia! Como vai? Estou bem, graças a Deus, e vou ganhar um novo andar em maio" ou "Como está? Amanhã serei redecorada" ou "Quase peguei fogo e levei um baita susto", e assim por diante. Tenho as minhas favoritas entre elas — algumas são grandes amigas; uma planeja ser restaurada por um arquiteto neste verão. Farei visitas diárias só para garantir que a reforma não seja um fracasso. Deus me livre!

Mas nunca esquecerei um incidente com uma casinha encantadora, pintada de um rosa-claro. Era tão charmosa, tão hospitaleira no olhar que lançava a mim e tão orgulhosa diante de suas vizinhas desajeitadas, que meu coração se alegrava sempre que eu passava por ela. De repente, na semana passada, caminhei por sua rua e, ao olhar para minha amiga, ouvi um lamento: "Estão me pintando de amarelo!" Vilões! Bárbaros! Não pouparam nada, nem as colunas, nem as cornijas, e minha pobre amiga ficou tão amarela quanto um canário. Aquilo quase me deixou enjoado. Até hoje não tive coragem de visitar minha pobre amiga desfigurada, pintada da cor do Império Celestial[3]. Agora entende, leitor, em que sentido conheço toda São Petersburgo.

Já mencionei que fiquei inquieto por três dias antes de descobrir a causa do meu desconforto. Sentia-me estranho nas ruas — fulano tinha ido embora, beltrano também, e o que havia acontecido com o outro? — e, em casa, não me sentia menos deslocado. Por duas noites, quebrei a cabeça tentando descobrir o que havia de errado no meu canto; por que me sentia tão desconfortável ali.

3 A expressão é uma referência ao amarelo, que simbolizava o poder e a autoridade na China Imperial, também conhecida como o "Império Celestial". Na cultura chinesa, o amarelo era reservado ao imperador e à sua corte, estando associado à realeza, ao centro do universo e ao sagrado.

Examinei as paredes verdes e sujas, o teto coberto por teias de aranha, obra que Matrona incentivava com tanto sucesso. Olhei para meus móveis, examinei cada cadeira, pensando se o problema poderia estar ali (pois, se *uma* cadeira não estiver na mesma posição do dia anterior, não me sinto eu mesmo). Olhei para a janela, mas tudo foi em vão... Nada me fez sentir melhor! Cheguei a chamar Matrona, repreendendo-a paternalmente pelas teias de aranha e pela sua desleixada limpeza geral; mas ela apenas me encarou surpresa e foi embora sem dizer uma palavra, de modo que as teias continuam penduradas confortavelmente no mesmo lugar até hoje.

Foi só esta manhã que finalmente percebi o que estava errado. Ah! Eles estão me deixando e fugindo para o campo! Perdoe a trivialidade da expressão, mas não estou com ânimo para uma linguagem refinada... Tudo o que havia em São Petersburgo tinha ido ou estava saindo de férias. Tudo parecia conspirar para me lembrar disso — dos cavalheiros dignos que tomavam suas carruagens rumo ao seio da família nas vilas de verão às flores compradas não para alegrar apartamentos abafados, mas para embelezar as casas de campo.

Assim, São Petersburgo parecia ameaçar se tornar um deserto. E eu, envergonhado, mortificado e triste, percebia que não tinha para onde ir nas férias, nem por que partir. Eu estava pronto para partir com cada carroça, para ir embora com cada cavalheiro de aparência respeitável que pegava um cabriolé; mas ninguém — absolutamente ninguém — me convidou.

Parecia que haviam se esquecido de mim, como se eu fosse realmente um estranho para eles!

Fiz longas caminhadas, como sempre, perdendo completamente a noção de onde estava, até que, de repente, me encontrei junto aos portões da cidade. Imediatamente, senti uma leveza no coração; passei pelo limite da cidade e caminhei entre campos cultivados e prados, sem sentir cansaço e com a sensação de que um peso estava sendo tirado da minha alma. Todos os passantes me lançavam olhares tão amigáveis que pareciam me cumprimentar; pareciam contentes com algo. Estavam todos fumando charutos, sem exceção. E eu me senti feliz como nunca antes. Era como se, de repente, eu tivesse me transportado para a Itália — tão forte era o efeito da natureza sobre um habitante da cidade meio doente como eu, quase sufocado entre os muros.

Há algo inexplicavelmente comovente na natureza ao redor de São Petersburgo quando, com a chegada da primavera, ela emprega toda a força, todos os poderes concedidos a ela pelo Céu, brotando folhas, enfeitando-se e se cobrindo de flores. Não tenho como não associá-la a uma jovem frágil e abatida, aquela que, por vezes, olhamos com compaixão, outras vezes com complacência, e que, em outras ocasiões, simplesmente não notamos. Porém, de repente, em um instante, como por acaso, ela se torna inexplicavelmente bela e delicada, e, impressionado e inebriado, você não pode deixar de se perguntar que força fez com que aqueles olhos tristes e pensativos brilhassem com tanto fogo. O que fez o sangue subir àquelas faces pálidas e desbotadas? O que banhou de paixão aquelas feições suaves? O que fez aquele peito arfar? O que, tão de repente, trouxe força, vida e beleza ao rosto daquela pobre garota, fazendo-o reluzir e se acender com um riso brilhante e cintilante? Você olha ao redor, busca por uma explicação... mas o momento passa, e, no dia seguinte, você encontra, talvez, o mesmo olhar pensativo e distraído de antes, o mesmo rosto pálido, os mesmos movimentos tímidos e submissos, e até sinais de arrependimento, traços de uma angústia mortal e de um pesar pela distração fugaz. E você lamenta que aquela beleza momentânea tenha desaparecido tão rapidamente que nunca irá voltar, que tenha brilhado de forma tão traiçoeira e vã; lamenta porque sequer teve tempo de amá-la... E, ainda assim, minha noite foi melhor do que meu dia! Aqui está o que aconteceu.

Voltei para a cidade muito tarde, e já passava das dez horas enquanto eu caminhava em direção à minha casa. Meu caminho era ao longo do calçadão do canal, onde, àquela hora, nunca se encontra uma viva alma. É verdade que moro em uma parte muito remota da cidade. Caminhava cantando, pois, quando estou feliz, sempre canto para mim mesmo, como todo homem feliz que não tem amigo ou conhecido com quem compartilhar sua alegria. De repente, tive uma aventura completamente inesperada.

Apoiada no corrimão do canal, estava uma mulher, com os cotovelos sobre o parapeito, aparentemente olhando com grande atenção para a água turva. Ela usava um chapéu amarelo muito charmoso e uma graciosa capa preta. “É uma jovem, e tenho certeza de que é morena”, pensei. Ela não parecia ouvir meus passos e nem sequer se moveu quando passei, contendo a respiração e com o coração batendo acelerado.

"Que estranho", pensei. "Ela deve estar profundamente absorta em algo." E, de repente, parei como que petrificado. Ouvi um soluço abafado. Sim! Não me enganei, a jovem estava chorando, e, um minuto depois, ouvi mais soluços. Meu Deus! Meu coração afundou. E, tímido como sou com as mulheres, ainda assim, aquele era um momento especial...!

Virei, dei um passo em sua direção e certamente teria dito "Senhorita!" se não soubesse que tal exclamação já fora usada milhares de vezes nos romances da sociedade russa. Apenas essa reflexão me deteve. Mas, enquanto procurava por uma palavra, a jovem recobrou os sentidos, olhou ao redor, sobressaltou-se, abaixou os olhos e passou por mim rapidamente pelo calçadão.

Imediatamente, comecei a segui-la; mas ela, percebendo isso, deixou o calçadão, atravessou a rua e passou a caminhar pela calçada. Não tive coragem de cruzar a rua atrás dela. Meu coração batia como o de um pássaro aprisionado. De repente, uma oportunidade inesperada veio em meu auxílio.

Do mesmo lado da calçada, surgiu, não muito longe da jovem, um cavalheiro em trajes noturnos, de idade respeitável, mas de comportamento nada digno; ele cambaleava e se apoiava cautelosamente na parede. A jovem correu em linha reta, com aquela pressa tímida que vemos em todas as moças ao não quererem que alguém se ofereça para acompanhá-las até em casa à noite. E, sem dúvida, o cavalheiro cambaleante não a teria perseguido se a minha sorte não o tivesse inspirado.

De repente, sem dizer nada a ninguém, o cavalheiro partiu em disparada atrás da minha desconhecida. Ela corria como o vento, mas o cavalheiro a estava alcançando... e alcançou-a. A jovem soltou um grito e... agradeço à minha sorte pela excelente bengala nodosa que, naquela ocasião, estava na minha mão direita. Num piscar de olhos, atravessei a rua; num instante, o cavalheiro importuno percebeu a situação, recuou sem dizer uma palavra e, apenas quando estávamos bem longe, protestou contra minha ação com palavras um tanto vigorosas. Mas elas mal chegaram aos nossos ouvidos.

— Dê-me o braço — eu disse à jovem. — Assim, ele não ousará nos incomodar novamente.

Ela pegou meu braço sem dizer uma palavra, ainda tremendo de nervosismo e terror. Oh, cavalheiro intrometido! Como eu o abençoei naquele momento! Olhei para ela de canto de olho; era realmente encantadora e morena — eu tinha acertado.

Em seus cílios negros ainda brilhava uma lágrima — talvez pelo recente susto ou por uma tristeza anterior, não sei. Mas já havia um leve sorriso em seus lábios. Ela também lançou um olhar furtivo para mim, corou levemente e baixou os olhos.

— Viu só? Por que me afastou? Se eu estivesse aqui, nada disso teria acontecido...

— Mas eu não o conhecia; achei que o senhor também...

— Mas agora me conhece?

— Um pouco! Por exemplo, por que está tremendo?

— Ah, a senhorita logo percebeu! — respondi, encantado por ver que minha garota era atenta aos detalhes; isso nunca é demais quando se combina com a beleza. — Sim, à primeira vista já entendeu com quem está lidando. Sou tímido com as mulheres, fico agitado, não nego; tanto quanto a senhorita estava há pouco, quando aquele homem a assustou. E, na verdade, estou um pouco assustado agora. Parece um sonho, e eu nunca imaginei, nem dormindo, que um dia conversaria com uma mulher.

— O quê? De verdade...?

— Sim; se meu braço está tremendo, é porque nunca foi segurado por uma mão tão delicada como a da senhorita. Sou um completo estranho ao mundo das mulheres, quero dizer, nunca convivi com elas. Veja, estou sozinho... Nem sei como conversar com elas. Agora mesmo, nem sei se disse alguma bobagem! Diga-me com sinceridade; garanto desde já que não me ofendo com facilidade…

— Não, que nada; muito pelo contrário. E, se insiste para que eu seja sincera, direi que as mulheres gostam dessa timidez; e, se quer saber mais, eu também gosto, e não vou mandá-lo embora até chegar em casa.

— A senhorita vai acabar — eu disse, sem fôlego de tanta alegria — fazendo com que eu perca a timidez, e aí, adeus às minhas chances…

— Chances? Que chances? Do quê? Isso não foi muito agradável.

— Desculpe-me, sinto muito, foi um deslize; mas como pode esperar que alguém, em um momento como este, não tenha o desejo…

— De ser querido, é isso?

— Bem, sim; mas, por favor, seja gentil. Pense em quem eu sou! Veja, tenho vinte e seis anos e nunca conheci ninguém. Como posso explicar… explicar bem, na medida certa? A senhorita entenderá melhor quando eu lhe contar tudo abertamente... Não sei manter silêncio quando meu coração fala. Mas, enfim... Acredite, nunca conheci nenhuma mulher, nunca, nunca! Não tenho nenhuma conhecida! E tudo o que faço é sonhar, todo dia, que finalmente encontrarei alguém. Ah, se soubesse quantas vezes fiquei apaixonado dessa forma…

— Como assim? Por quem...?

— Por ninguém, por um ideal, por aquela com quem eu sonho enquanto durmo. Crio verdadeiros romances nos meus sonhos. Ah, a senhorita não me conhece! É verdade que já encontrei duas ou três mulheres, mas que tipo de mulheres eram? Todas senhoras proprietárias de pensões... Mas vai rir se eu disser que várias vezes pensei em abordar, simplesmente abordar, alguma dama aristocrática na rua, quando estivesse sozinha, claro; falar com ela, timidamente, respeitosamente, apaixonadamente; dizer que estou perecendo em solidão, implorar que não me mandasse embora; explicar que não tenho chance de fazer amizade com nenhuma mulher; convencê-la de que não deveria repelir um pedido tão tímido de um homem tão azarado quanto eu. Tudo o que peço é que diga duas ou três palavras fraternais, com simpatia, que não me repila à primeira vista; que confie em mim e ouça o que digo; que ria de mim, se quiser, que me encoraje, que diga duas palavras, apenas duas, mesmo que nunca nos encontremos novamente depois disso...! Mas a senhorita está rindo; contudo, é por isso que estou contando…

— Não fique aborrecido; estou apenas rindo do fato de o senhor ser o seu próprio inimigo, e, se tivesse tentado, talvez tivesse conseguido, mesmo que fosse na rua; quanto mais simples, melhor... Nenhuma mulher de bom coração, a menos que fosse estúpida ou, pior, estivesse irritada com algo no momento, iria se obrigar a mandá-lo embora sem aquelas duas palavras que pede tão timidamente... Mas o que estou dizendo? Claro que ela o tomaria por louco. Estou julgando por mim mesma; sei muito sobre a vida dos outros.

— Ah, obrigado! — exclamei. A senhorita não sabe o que acabou de fazer por mim agora!

— Fico feliz! Fico feliz! Mas diga, como soube que eu era o tipo de mulher com quem... bem, alguém que o senhor julgasse digna... de atenção e amizade... enfim, não a proprietária de uma pensão, como disse? O que o fez decidir vir até mim?

— O que me fez ir até a senhorita...? Mas estava sozinha; aquele cavalheiro foi insolente demais; é tarde. Admita, era meu dever...

— Não, não; quero dizer antes, do outro lado... O senhor sabe que tinha a intenção de vir falar comigo.

— Do outro lado? Sinceramente, não sei como responder; tenho receio de... Sabe, hoje me senti feliz. Caminhei cantando; fui para o campo; nunca tive momentos tão felizes. A senhorita... talvez tenha sido imaginação minha... Perdoe-me por mencionar isso, mas achei que estava chorando, e eu... não consegui suportar... Aquilo fez meu coração doer... Ah, meu Deus! Será que não posso me preocupar com a senhorita? Será que é errado sentir compaixão assim? Desculpe-me, usei a palavra compaixão... Enfim, certamente não se ofenderia com o meu impulso involuntário de me aproximar, não é?

— Pare, já chega, não fale disso — disse a jovem, olhando para baixo e apertando minha mão. — Foi culpa minha ter mencionado tal coisa. Mas fico feliz por não ter me enganado sobre o senhor... Aqui está a minha casa; preciso virar nesta esquina, são só dois passos daqui... Adeus, obrigada!

— Certamente... certamente a senhorita não quer dizer que nunca mais nos veremos? Não pode ser o fim, pode?

— Veja — disse a jovem, rindo —, primeiro o senhor só queria duas palavras, e agora... Bem, não vou dizer nada... talvez nos encontremos novamente...

— Eu virei aqui amanhã — disse eu. — Oh, perdoe-me, já estou fazendo exigências...

— Sim, o senhor não é muito paciente... Está quase insistindo.

— Escute, escute! — interrompi. — Perdoe-me por lhe dizer outra coisa... Veja bem, não consigo evitar vir aqui amanhã. Sou um sonhador; tenho tão pouca vida real que considero momentos como este raros, e não posso deixar de revivê-los em meus sonhos. Vou sonhar com a senhorita a noite inteira, uma semana inteira, um ano inteiro. Certamente virei aqui amanhã, exatamente neste lugar, exatamente na mesma hora, e serei feliz lembrando de hoje. Este lugar já é especial para mim. Tenho dois ou três lugares assim em São Petersburgo. Já chorei por memórias... como a senhorita... Quem sabe, talvez estivesse chorando dez minutos atrás por alguma lembrança... Mas, perdoe-me, perdi-me novamente; talvez tenha se lembrado de algum momento de felicidade...

— Muito bem — disse a jovem —, talvez eu venha aqui amanhã também, às dez horas. Vejo que não posso proibi-lo... Na verdade, preciso estar aqui; não pense que estou marcando um encontro com o senhor. Digo desde já que tenho motivos pessoais para estar aqui. Mas... bem, digo diretamente, não me importo se vier. Para começar, algo desagradável pode acontecer, como hoje, mas deixe isso de lado... Resumindo, gostaria de vê-lo... de dizer duas palavras ao senhor. Só que, veja bem, não pense mal de mim agora! Não ache que marco encontros assim tão facilmente... Só estou fazendo isso porque... Bem, que seja meu segredo! Apenas com uma condição...

— Uma condição! Fale, diga tudo desde já; aceito qualquer coisa, estou pronto para tudo — exclamei, encantado. — Garanto, serei obediente, respeitoso... A senhorita já me conhece...

— É justamente porque o conheço que peço para vir amanhã — disse ela, rindo. — Conheço perfeitamente. Mas veja bem, o senhor virá com a condição, antes de tudo (só seja bom, faça o que peço — estou sendo franca), de que não se apaixone por mim...

Isso é impossível, garanto. Estou disposta a oferecer amizade; aqui está minha mão... Mas o senhor não pode se apaixonar por mim, por favor!

— Eu juro — gritei, apertando sua mão...

— Silêncio, não jure; sei que o senhor é do tipo que se inflama como pólvora. Não pense mal de mim por dizer isso. Se ao menos soubesse... Eu também não tenho ninguém com quem conversar, ninguém a quem pedir conselhos. Claro, não se busca um conselheiro na rua; mas o senhor é uma exceção. Conheço o senhor como se fôssemos amigos há vinte anos... Não vai me decepcionar, vai?

— A senhorita verá... Só que não sei como vou sobreviver às próximas vinte e quatro horas.

— Durma bem. Boa noite, e lembre-se de que já confiei no senhor. Mas o senhor disse algo tão bonito há pouco: "Certamente não se pode ser responsável por cada sentimento, nem mesmo pela simpatia fraternal!" Sabe, isso foi tão bem dito que, no mesmo instante, pensei que talvez pudesse confiar na sua pessoa.

— Pelo amor de Deus, faça isso; mas sobre o quê? O que é?

— Espere até amanhã. Por enquanto, que seja um segredo. Tanto melhor para o senhor; isso dará um leve toque de romance à situação. Talvez eu lhe conte amanhã, ou talvez não... Quero falar mais antes; vamos nos conhecer melhor.

— Oh, sim! Amanhã contarei tudo sobre mim! Mas… o que aconteceu? Parece um milagre... Meu Deus, onde estou? Vamos, diga-me: a senhorita não está feliz por não ter se irritado e me afastado no primeiro momento, como qualquer outra mulher teria feito? Em dois minutos me fez feliz para sempre. Sim, feliz; quem sabe, talvez a senhorita tenha me reconciliado comigo mesmo, solucionado minhas dúvidas... Talvez momentos assim aconteçam mais comigo... Mas, bem, amanhã eu lhe contarei tudo; saberá de tudo, tudo…

— Muito bem, eu aceito; o senhor começará…

— Combinado.

— Até amanhã!

— Até amanhã!

E nos separamos. Passei a noite toda andando; não consegui voltar para casa. Estava tão feliz... Amanhã!

SEGUNDA NOITE

— Então, o senhor sobreviveu! — disse ela, apertando ambas as minhas mãos.

— Estou aqui há duas horas; a senhorita não faz ideia de como fiquei o dia todo.

— Eu sei, eu sei. Mas vamos ao assunto. Sabe por que vim? Não foi para falar besteiras como ontem. Vou lhe contar: precisamos nos comportar de forma mais sensata a partir de agora. Pensei muito sobre isso ontem à noite.

— De que forma? Em que devemos ser mais sensatos? Estou pronto para contar-lhe a minha parte; mas, sinceramente, nada mais sensato me aconteceu na vida do que isto, agora.

— De verdade? Em primeiro lugar, peço que não aperte tanto minhas mãos; em segundo, preciso dizer que passei o dia pensando muito no senhor e me sentindo incerta.

— E como isso terminou?

— Como terminou? A conclusão a que cheguei é que precisamos começar tudo de novo, porque percebi hoje que não sei nada sobre o senhor; que ontem me comportei como uma criança, como uma garotinha. E, claro, no fim das contas, a culpa é do meu coração mole. Quero dizer, no final, acabei me elogiando, como sempre acontece quando analisamos nossas ações. E, para corrigir meu erro, decidi descobrir tudo sobre o senhor, detalhadamente. Mas como não tenho ninguém para me contar, terá que me dizer tudo por conta própria. Então, que tipo de homem é? Vamos, rápido! Comece! Conte-me a sua história toda.

— Minha história! — exclamei, alarmado. — Minha história! Mas quem disse que eu tenho uma história? Não tenho história nenhuma…

— Então como viveu, se não tem história? — interrompeu ela, rindo.

— Não há absolutamente história nenhuma! Vivi, como dizem, cuidando da minha própria vida, ou seja, completamente sozinho; sozinho, totalmente sozinho. Sabe o que significa estar "sozinho"?

— Mas como sozinho? Quer dizer que nunca vê ninguém?

— Oh, não, eu vejo pessoas, claro; mas ainda assim estou sozinho.

— Por quê? O senhor nunca conversa com ninguém?

— Para ser bem sincero, com ninguém.

— Quem é, então? Explique-se! Espere, acho que já sei: o senhor deve ser como eu, que tem uma avó. A minha é cega e nunca me deixa sair. Já nem sei mais como conversar. Quando aprontei algumas travessuras, dois anos atrás, e ela percebeu que não conseguiria me segurar, me chamou, prendeu meu vestido ao dela, e desde então ficamos assim, dias e dias sentadas juntas. Ela tricota, mesmo sendo cega, e eu fico ao seu lado, costurando ou lendo em voz alta para ela... É tão estranho, já faz dois anos que estou presa a ela.

— Meu Deus! Que sofrimento! Mas não, eu não tenho uma avó assim.

— Bom, se não tem, por que fica em casa...?

— Ouça, quer saber que tipo de pessoa eu sou?

— Sim, sim!

— No sentido estrito da palavra?

— No sentido mais estrito possível.

— Muito bem, eu sou um "tipo"!

— Tipo, tipo! Que tipo de tipo? — exclamou a garota, rindo, como se não risse há um ano. — Ah, é muito divertido conversar com o senhor. Olha, ali tem um banco, vamos nos sentar. Ninguém passa por aqui, ninguém vai nos ouvir, e... comece sua história. Pois não adianta me enganar, eu sei que o senhor tem uma história, só a está escondendo. Para começar, o que é um tipo?

— Um tipo? Um tipo é algo original, um disparate! — respondi, contagiado pela risada infantil dela. — É um personagem. Escute; sabe o que é um sonhador?

— Um sonhador! Claro que sei. Eu mesma sou uma sonhadora. Às vezes, enquanto estou sentada com a vovó, várias coisas passam pela minha cabeça. Imagine, começo a sonhar acordada e, de repente, me vejo casada com um príncipe chinês...! Embora, às vezes, sonhar faça bem! Mas, quem sabe, só Deus sabe! Principalmente quando se tem algo mais em que pensar além dos sonhos — acrescentou ela, desta vez mais séria.

— Excelente! Se já foi casada com um príncipe chinês, vai me entender completamente. Escute, mais um minuto, ainda não sei o nome da senhorita.

— Até que enfim! O senhor não teve pressa em perguntar!

— Ah, meu Deus! Isso nem passou pela minha cabeça, eu estava tão feliz do jeito que estava...

— Meu nome é Nástienka.

— Nástienka! E nada mais?

— Nada mais! Ora, isso não basta para o senhor, insaciável?

— Não basta? Pelo contrário, é muito, é um grande nome, Nástienka; a senhorita é tão bondosa, sendo Nástienka[4] para mim desde o início.

— Exatamente! E então?

4 O nome Nástienka, de origem eslava, significa "ressurreição".

— Então escute, Nástienka, agora vou contar essa história absurda.

Sentei-me ao lado dela, assumi uma pose pedantemente séria e comecei, como se estivesse lendo de um manuscrito:

— Existem, Nástienka, embora talvez não saiba, recantos estranhos em São Petersburgo. Parece-me que o sol que brilha para todas as pessoas de São Petersburgo não ilumina esses lugares, mas outro sol diferente, encomendado especialmente para esses recantos, e que lança uma luz diferente sobre tudo. Nesses cantos, querida Nástienka, vive-se uma vida completamente diferente, nada parecida com a que nos rodeia, mas talvez como a que exista em algum reino desconhecido, longe da nossa época séria, excessivamente séria. Pois bem, essa vida é uma mistura de algo puramente fantástico, fervorosamente ideal, com algo (ai de nós, Nástienka) opressivamente prosaico e comum, para não dizer incrivelmente vulgar.

— Ufa! Meu Deus! Que introdução! O que estou ouvindo?

— Ouça, Nástienka. (Acho que nunca me cansarei de chamá-la de Nástienka.) Deixe-me dizer que, nesses cantos, vivem pessoas estranhas — sonhadores. O sonhador, se quiser uma definição exata, não é um ser humano propriamente dito, mas uma criatura de transição. Geralmente, ele se instala em um canto inacessível, como se estivesse se escondendo da luz do dia; uma vez lá, ele se funde ao lugar como um caracol ou, pelo menos, se assemelha muito a essa curiosa criatura que é, ao mesmo tempo, um animal e uma casa: a tartaruga. Por que a senhorita acha que ele gosta tanto de suas quatro paredes, sempre pintadas de verde, sombrias, miseráveis e impregnadas de um cheiro insuportável de fumaça de tabaco? Por que, quando um de seus raros conhecidos o visita (e ele acaba se livrando de todos), ele o recebe tão embaraçado, mudando de expressão e tomado por uma confusão absurda, como se tivesse acabado de cometer um crime ali, em seu refúgio? Por exemplo, como se estivesse falsificando notas ou escrevendo poemas para enviar anonimamente a um jornal, alegando que o verdadeiro poeta morreu e que ele, como amigo, considera um dever sagrado publicá-los? Por que, diga-me, Nástienka, é tão difícil para esses dois amigos conversarem? Por que não há risadas? Por que nenhuma palavra espontânea surge dos lábios do visitante, que em outras ocasiões pode ser bem-humorado e gostar de conversas leves sobre a vida ou outros temas agradáveis? E por que esse amigo — provavelmente novo e em sua primeira visita, pois dificilmente haverá uma segunda — fica tão desconfortável, mesmo sendo espirituoso (se é que o é), diante do olhar abatido de seu anfitrião, que, por sua vez, está completamente desorientado, fazendo esforços gigantescos e inúteis para animar a conversa e mostrar que também sabe algo sobre como se comportar educadamente? Por que, de repente, o amigo lembra-se de um compromisso urgente que nunca existiu, pega o chapéu às pressas e vai embora, evitando o aperto de mão caloroso do anfitrião, que tenta ao máximo mostrar arrependimento e recuperar a situação? E por que esse amigo ri baixinho ao sair, prometendo nunca mais voltar, mesmo reconhecendo que o estranho é, na verdade, uma boa pessoa? Ainda assim, ele não resiste à pequena diversão de comparar a expressão do anfitrião durante a visita ao olhar de um gatinho infeliz, capturado traiçoeiramente, assustado e maltratado por crianças, até que, derrotado, se esconde embaixo de uma cadeira no escuro, onde precisa, com toda calma, eriçar os pelos e limpar o rosto humilhado com as patas, para depois olhar com raiva para a vida e a natureza, e até mesmo para os pedaços guardados do jantar de seu dono que a governanta simpática lhe separou.

— Espere! — interrompeu Nástienka, que me escutava com os olhos e a boca abertos, em espanto. — Espere; não faço a menor ideia de por que isso aconteceu e por que o senhor me faz perguntas tão absurdas. Só sei que essa história deve ter acontecido com o senhor exatamente assim.

— Sem dúvida — respondi, com a expressão mais séria possível.

— Bem, já que não há dúvidas, continue — disse Nástienka —, porque quero muito saber como isso termina.

— Quer saber, Nástienka, o que o nosso herói, ou seja, eu; pois o herói de toda essa história era meu humilde eu, fazia em seu canto? Quer saber por que fiquei perturbado durante o dia inteiro com a visita inesperada de um amigo? Quer saber por que me assustei tanto, por que corei quando abriram a porta do meu quarto, por que não consegui entreter meu visitante e por que fui esmagado pelo peso da minha própria hospitalidade?

— Sim, sim, exatamente — respondeu Nástienka. — Continue. O senhor descreve tudo muito bem, mas será que não poderia descrever um pouco menos... bem? Parece que está lendo tudo de um livro.

— Nástienka — respondi em um tom severo e digno, mal conseguindo segurar o riso —, querida Nástienka, sei que descrevo muito bem, mas, desculpe-me, não sei fazer de outro jeito. Neste momento, querida Nástienka, sinto-me como o espírito do Rei Salomão, que ficou mil anos selado sob sete lacres em sua urna, e agora, finalmente, esses lacres foram removidos. Neste momento, Nástienka, quando nos encontramos finalmente após uma longa separação — porque sinto que a conheço há muito tempo, Nástienka, pois procurei alguém como a senhorita por Eras, e isso só pode significar que era quem eu buscava e que era o destino que nos encontrássemos agora —, neste momento, mil válvulas se abriram na minha mente, e preciso me derramar em um rio de palavras ou vou sufocar. Então, peço que não me interrompa, Nástienka, mas ouça com paciência e obediência, ou ficarei em silêncio.

— Não, não, de jeito nenhum! Continue! Não direi uma palavra!

— Vou continuar. Há, minha amiga Nástienka, uma hora do dia de que gosto imensamente. É aquela hora em que quase todos os comércios, trabalhos e deveres já se encerraram, e todos estão apressados, voltando para casa para jantar, descansar, ou talvez deitar, enquanto pensam em assuntos mais alegres relacionados à noite, ao tempo livre que ainda têm pela frente. Nesse momento, o nosso herói — permita-me, Nástienka, contar minha história em terceira pessoa, pois é terrivelmente constrangedor narrá-la na primeira —, bem, nesse momento o nosso herói, que também tem seus afazeres, caminha junto aos outros. Mas há algo curioso em seu semblante pálido e um tanto amassado: um sentimento estranho de prazer começa a transparecer. Ele olha para o brilho do entardecer, que vai desaparecendo no frio céu de São Petersburgo, mas, ao dizer que "olha", estou mentindo. Ele não olha de verdade, mas vê como que distraidamente, sem se dar conta, como se estivesse cansado ou absorto em algo mais interessante, incapaz de prestar atenção em qualquer coisa ao seu redor. Ele está feliz porque, até o dia seguinte, está livre de suas tarefas enfadonhas, sentindo-se como um estudante saindo da sala de aula para jogar e brincar. Observe-o, Nástienka, e verá que essa alegria já começou a afetar sua sensibilidade à imaginação, sempre desperta. Ele está pensando em quê? No jantar? Na noite que virá? O que ele observa com tanto interesse? É como aquele cavalheiro elegante que faz uma reverência teatral à dama que passa em uma carruagem puxada por cavalos? Não, Nástienka. Nada disso importa para ele agora. Ele está rico de sua própria vida; tornou-se, de repente, um homem abastado, e não é à toa que o pôr do sol parece lançar sobre ele os últimos raios alegres, despertando uma enxurrada de sentimentos em seu coração aquecido. Agora, ele quase não nota o caminho que percorre, onde, em outros momentos, os menores detalhes lhe chamariam atenção. *A Deusa do Imaginário* (se a senhorita já leu Zhukovsky[5], querida Nástienka) já teceu, com suas mãos fantásticas, uma trama dourada e começou a bordar nela padrões de uma vida mágica e maravilhosa. Quem sabe? Talvez sua mão caprichosa

5 Vasily Zhukovsky (1783–1852) foi um renomado poeta romântico russo, tradutor e tutor da família imperial. Considerado um dos pioneiros do Romantismo na Rússia, ele introduziu elementos líricos e sentimentais à literatura russa.

já tenha levado nosso herói até o sétimo céu cristalino, longe das calçadas de granito pelas quais ele caminhava. Experimente interrompê-lo agora, pergunte onde ele está ou por onde anda. Provavelmente, ele não saberá responder, não se lembrará e, corando de embaraço, inventará alguma mentira para manter as aparências. É por isso que ele se sobressalta, quase grita, quando uma senhora idosa o para educadamente no meio da calçada para pedir informações. Irritado, ele segue em frente, quase sem perceber os passantes que sorriem e se viram para olhá-lo, ou a menina que, ao se desviar dele assustada, ri ao ver o sorriso meditativo e os gestos do nosso herói. Mas a fantasia, em sua leveza brincalhona, captura a senhora, os passantes curiosos, a criança risonha, e até os camponeses que dormem em barcaças no Canal de Fontanka, e os entrelaça caprichosamente em sua tapeçaria, como moscas na teia de uma aranha. Somente depois que o nosso sonhador volta ao seu refúgio confortável, com novas coisas para alimentar sua mente, janta e se senta, é que ele começa a recobrar a consciência. A velha Matrona, sempre pensativa e abatida, recolhe a mesa e lhe entrega o cachimbo. Ele, então, percebe, surpreso, que já jantou, embora não faça ideia de como isso aconteceu. O quarto está escuro; sua alma, vazia e triste; o reino de suas fantasias desmorona ao seu redor, como um sonho que se dissipa sem deixar rastros. Ele não consegue lembrar o que sonhou, mas algo vago mexe com seu coração, despertando um leve desejo e instigando sua imaginação a criar uma nova onda de fantasmas. O silêncio reina no pequeno quarto. A solidão e o ócio alimentam sua imaginação, que ferve lentamente, como a água do café que Matrona prepara na cozinha ao lado. De repente, a fantasia irrompe novamente. O livro que ele pegou ao acaso cai de suas mãos antes mesmo de chegar à terceira página. E, outra vez, um novo mundo, uma nova vida fascinante se abre diante dele. Um novo sonho, uma nova felicidade! Um veneno suave e delicado! O que é a vida real para ele? Aos seus olhos corrompidos, nós vivemos, eu e a senhorita, Nástienka, de forma tão apática, tão lenta, tão insossa. Ele nos vê insatisfeitos com o destino, esgotados pela vida. E, de fato, veja como, à primeira vista, tudo parece frio, sombrio, mal-humorado entre nós... "Pobres criaturas!", pensa o sonhador. Não é de se admirar que ele pense assim! Veja tais devaneios encantadores, que, de forma tão doce, tão caprichosa, tão despreocupada, agrupam-se diante dele como em um quadro animado e mágico. E, no centro de tudo, é claro, está ele mesmo, o sonhador, em toda a sua glória. Veja quantas aventuras variadas, quantos sonhos extasiantes se aglomeram sem fim! A senhorita se pergunta, talvez, sobre o que ele está sonhando. Mas para que perguntar? Ele sonha com tudo... com o destino do poeta, primeiro ignorado, depois coroado de louros; com a amizade de Hoffmann[6]; com a Noite de São Bartolomeu[7]; com Diana Vernon[8]; com ser o herói na Tomada de Kazan por Ivan Vassilievitch[9]; com Clara

6 E.T.A. Hoffmann (1776–1822), conhecido por suas histórias fantásticas e sombrias, frequentemente povoadas por personagens excêntricos e elementos sobrenaturais.

7 Refere-se a um massacre ocorrido na França em 24 de agosto de 1572, durante as Guerras de Religião entre católicos e protestantes. No contexto de *Noites Brancas*, a menção como parte dos devaneios do narrador sugere sua inclinação a imaginar momentos históricos intensos, dramáticos e cheios de significado.

8 Diana Vernon é uma personagem do romance *Rob Roy* (1817), do escritor escocês Walter Scott.

9 Refere-se a um evento histórico ocorrido em 1552, quando o czar Ivan IV da Rússia, conhecido como Ivan, o Terrível, conquistou a cidade de Kazan, então capital do Canato de Kazan, um estado tártaro muçulmano.

Mowbray[10], com Effie Deans[11]; com o Concílio de Constança e Huss diante deles[12]; com os mortos ressuscitando em *Robert le Diable*[13] (lembra-se da música? Tem cheiro de cemitério!); com Minna[14] e Brenda[15]; com a Batalha de Berezina[16]; com a leitura de um poema no salão da Condessa V. D.; com Danton[17]; com Cleópatra e seus amantes; com uma casinha em Kolomna[18]; com um lar próprio, ao lado de uma criatura amada que o escuta em uma noite de inverno, abrindo os olhinhos e a boca, exatamente como está me ouvindo agora, meu anjo... Ah, Nástienka, o que há nesta vida, tão desejada por mim e pela senhorita, para ele, esse voluptuoso preguiçoso? Ele acha que tal vida é pobre, patética, sem perceber que talvez, algum dia, a melancolia também o alcance — aquele em que ele trocaria todos os anos de sua fantasia por apenas um único dia dessa vida tão desprezada. E ele faria isso não só por alegria ou felicidade, mas sem sequer se importar com esses sentimentos, em uma hora de tristeza, arrependimento e dor sem controle. Contudo, esse momento ainda não chegou para ele — ele não deseja nada, porque se sente superior ao desejo; ele tem tudo, está saciado, é o artista de sua própria vida, e a cria a cada hora

---

10 Clara Mowbray é uma personagem do romance *St. Ronan's Well* (1824), do escritor escocês Walter Scott.

11 Effie Deans é uma personagem do romance *The Heart of Midlothian* (1818), do escritor escocês Walter Scott.

12 Refere-se a um evento histórico ocorrido durante o Concílio de Constança (1414–1418), quando Jan Huss, teólogo e reformador religioso da Boêmia, foi julgado por heresia pela Igreja Católica.

13 *Robert le Diable* (Roberto, o Diabo) é uma ópera francesa em cinco atos composta por Giacomo Meyerbeer, com libreto de Eugène Scribe e Germain Delavigne, estreada em 1831.

14 Minna é uma personagem do romance *Minna von Barnhelm*, escrito por Gotthold Ephraim Lessing.

15 Brenda é uma personagem do romance *Brenda*, de Walter Scott, parte de seus escritos menos conhecidos.

16 Ocorreu em novembro de 1812, durante a invasão da Rússia por Napoleão Bonaparte, no contexto da Campanha da Rússia.

17 Georges Danton (1759–1794) foi uma figura central na Revolução Francesa. Advogado e líder político, Danton desempenhou um papel importante durante os primeiros estágios da revolução, especialmente na criação do Comitê de Saúde Pública.

18 Kolomna é uma cidade na Rússia, situada a cerca de 100 km ao sudeste de Moscou, conhecida por sua paisagem pitoresca e sua história como um local de descanso e refúgio longe do tumulto das grandes cidades.

conforme seus caprichos mais recentes. E a senhorita sabe, Nástienka, como esse mundo fantástico de contos de fadas é criado com tanta facilidade, tão naturalmente! Parece até que não é uma ilusão! De fato, às vezes ele quase acredita que essa vida, que surge de suas emoções, não é um devaneio ou miragem, mas algo concreto, real, substancial! Por que será, Nástienka, que, nesses momentos ele prende a respiração? Por que, por qual magia, por que capricho incompreensível, o pulso acelera, uma lágrima brota em seus olhos e suas faces pálidas e úmidas brilham, enquanto todo o seu ser se enche de uma sensação inexplicável de consolo? Por que noites inteiras, insones, passam como um piscar de olhos, em felicidade e alegria inesgotáveis? E quando a aurora surge rosada na janela e a luz incerta do amanhecer inunda o quarto sombrio, como acontece em São Petersburgo, nosso sonhador, exausto e desgastado, se joga na cama, adormecendo com um doce cansaço no coração e uma alegria melancólica em sua alma inquieta. Sim, Nástienka, ele se engana e inconscientemente acredita que uma paixão verdadeira está despertando em sua alma; inconscientemente acredita que há algo vivo e tangível nesses sonhos tão etéreos. Será uma ilusão? Veja, por exemplo, o amor. Todo o júbilo insondável, todas as agonias desse sentimento habitam o seu peito. Basta olhar para ele e se convencerá! Acreditaria, minha querida Nástienka, ao olhar para ele, que ele jamais conheceu a mulher que ama em seus sonhos arrebatadores? Será que ele a viu apenas em visões sedutoras? Será possível que essa paixão não passe de um sonho? Certamente eles passaram anos de mãos dadas, os dois sozinhos, afastados do mundo, unindo suas vidas como se fossem uma só. E quando chegou a hora da despedida, não foi ela que chorou em seu peito, ignorando a tempestade sob o céu carrancudo e o vento que levava embora suas lágrimas? Será que tudo isso foi um sonho? E aquele jardim, abandonado e sombrio, com seus caminhos cobertos de musgo, onde eles andavam felizes, amando e sofrendo tanto? E aquela casa antiga, onde ela viveu anos de solidão com o marido taciturno e rabugento, que os amedrontava enquanto, como crianças, escondiam seu amor? Que tormentos eles enfrentaram, que medo! Como era puro e inocente seu amor! E quão maldosas eram as pessoas ao redor, como pode imaginar, Nástienka! E, céus, eles se reencontraram, não foi? Longe de sua terra natal, sob céus estrangeiros, no quente sul, na Cidade Eterna e divina. Foi em meio ao deslumbramento de um baile, ao som estrondoso da música, em um palácio — deve ter sido em um palácio — inundado de luzes. Ela o reconheceu na sacada, adornada de flores, e, removendo apressadamente sua máscara, sussurrou: “Estou livre.” Então, tremendo, lançou-se em seus braços, e em um grito de êxtase, esqueceram em um instante toda a dor da separação, o jardim lúgubre, o velho sombrio e o adeus que partiu seus corações…

Concluindo meu apelo patético, fiz uma pausa de maneira igualmente patética. Lembrei-me de que sentia um desejo intenso de me forçar a rir, pois já percebia que algo maligno estava se agitando dentro de mim, que havia um nó na minha garganta, que meu queixo começava a tremer e que meus olhos ficavam cada vez mais úmidos.

Eu esperava que Nástienka, que me ouvia com seus olhos atentos, explodisse em sua risada infantil e irreprimível; e já estava arrependido de ter ido tão longe, de ter descrito algo que há muito fervia em meu coração, sobre o qual eu podia falar como se estivesse lendo um relato escrito, porque já havia me julgado há tempos e agora não podia resistir a confessar, mesmo sem esperar ser compreendido. Mas, para minha surpresa, ela ficou em silêncio. Esperou um pouco, apertou levemente minha mão e, com uma simpatia tímida, perguntou:

— Certamente não viveu assim a vida toda?

— Toda a minha vida, Nástienka — respondi. — Toda a minha vida, e parece que assim será até o fim.

— Não, não pode ser — disse ela, inquieta. — Isso não deve acontecer; e eu, talvez, passe toda a minha vida ao lado da vovó. O senhor sabe, não é nada bom viver assim.

— Eu sei, Nástienka, eu sei! — exclamei, incapaz de conter meus sentimentos por mais tempo. — E agora percebo, mais do que nunca, que perdi todos os meus melhores anos! E agora sei disso e sinto ainda mais por reconhecer que Deus me enviou a senhorita, meu bom anjo, para me dizer isso e me mostrar. Agora que estou ao lado da senhorita e converso contigo, é estranho pensar no futuro, pois no futuro... há solidão novamente, outra vez esta vida mofada e inútil; e o que eu terei para sonhar, quando fui tão feliz na realidade ao seu lado? Oh, que seja abençoada, querida, por não ter me repelido de início, por me permitir dizer que, ao menos por duas noites, vivi.

— Oh, não, não! — exclamou Nástienka, e lágrimas brilharam em seus olhos. — Não, isso não pode continuar assim; não devemos nos separar desse jeito! O que são duas noites?

— Oh, Nástienka, Nástienka! Sabe o quanto me reconciliou comigo mesmo? Sabe que agora não pensarei tão mal de mim quanto já pensei anteriormente? Sabe que, talvez, eu deixe de me lamentar pelo crime e pelo pecado da minha vida? Pois uma vida assim é um crime e um pecado. E não pense que estou exagerando — pelo amor de Deus, não pense isso, Nástienka: pois às vezes me acomete tal miséria, tal sofrimento... Porque, nesses momentos, parece que sou incapaz de ter uma vida real; me parece que perdi todo o contato, toda a sensibilidade de ver o que é verdadeiro; porque, enfim, amaldiçoei a mim mesmo; porque, depois de minhas noites fantasiosas, tenho momentos de sobriedade que são terríveis! Enquanto isso, a senhorita ouve o turbilhão e o rugido da multidão no vórtice da vida ao seu redor; ouve, vê, pessoas vivendo na realidade; vê que a vida para elas não é proibida, que a vida delas não escapa como um sonho, como uma visão; que a vida delas está sendo eternamente renovada, eternamente jovem, e que nenhuma hora é igual à outra; enquanto a fantasia é tão sem espírito, monótona e facilmente intimidada, escrava das sombras, das ideias; escrava da primeira nuvem que cobre o sol e lança sombras sobre o verdadeiro coração de São Petersburgo, tão devotado ao sol — e o que é a fantasia em meio às sombras! Sente-se que essa imaginação inexaurível está, por fim, exausta e desgastada de tanto ser usada, porque estamos crescendo, superando nossos antigos ideais: eles estão sendo despedaçados, reduzidos a pó; se não houver outra vida, é preciso construir uma com os fragmentos. E, enquanto isso, a alma anseia e deseja algo mais! E em vão o sonhador revira seus velhos sonhos, como se buscasse uma fagulha entre as brasas, para atiçá-la em chama, para aquecer seu coração gelado com o fogo reacendido e despertar nele novamente tudo o que foi tão doce, que tocou seu coração, que fez seu sangue ferver, que arrancou lágrimas de seus olhos e o enganou tão luxuosamente! A senhorita sabe, Nástienka, a que ponto cheguei? Sabe que agora sou obrigado a celebrar o aniversário de minhas próprias impressões, o aniversário daquilo que foi tão doce, que nunca existiu de fato — pois esse aniversário é celebrado em memória desses mesmos sonhos tolos e sombrios — e faço isso porque esses sonhos tolos não existem mais, porque não tenho nada para alimentá-los; sabe que mesmo os sonhos não vêm de graça! Sabe que, agora, eu adoro relembrar e visitar, em datas específicas, os lugares onde fui feliz à minha maneira? Gosto de harmonizar o presente com o passado irrevogável, e frequentemente vago como uma sombra, sem rumo, triste e abatido, pelas ruas e vielas de São Petersburgo. Que memórias são essas! Lembrar, por exemplo, que aqui, exatamente há um ano, nesta hora, neste mesmo lugar, eu vagava tão solitário e tão abatido quanto hoje. Lembro-me de que, naquela época, os sonhos eram tristes, e, embora o passado não fosse melhor, parece que, de alguma forma, ele era melhor, que a vida era mais tranquila, que estávamos livres dos pensamentos sombrios que agora nos assombram; que estávamos livres da mordida da consciência — aquela mordida sombria e severa que agora não me dá descanso nem de dia, nem de noite. E então a gente se pergunta onde estão nossos sonhos. E balança a cabeça, dizendo como os anos passam rápido! E novamente se pergunta: o que fizemos com os nossos anos? Onde enterramos os nossos melhores dias? Vivemos ou não? “Olhe”, dizemos a nós mesmos, “veja como o mundo está ficando frio”. Mais alguns anos passarão, e, depois deles, virá a sombria solidão; então virá a velhice, trêmula, apoiada em sua bengala, e, depois, a miséria e a desolação. Seu mundo fantástico ficará pálido, seus sonhos irão desaparecer, cairão e murcharão como as folhas amarelas das árvores... Oh, Nástienka! Sabe como será triste ser deixado sozinho, completamente sozinho, e não ter nem mesmo algo para lamentar — nada, absolutamente nada…? Porque tudo o que perdeu, tudo aquilo, já era nada, uma nulidade estúpida e simples: não houve nada além de sonhos!

— Vamos, não mexa mais com meus sentimentos — disse Nástienka, enxugando uma lágrima que escorria por sua bochecha. — Agora acabou! Agora seremos dois, juntos. Agora, aconteça o que acontecer comigo, nunca nos separaremos. Escute; eu sou uma garota simples, não tive muita educação, embora a vovó tenha contratado um tutor para mim; mas, de verdade, eu o entendo, pois tudo o que descreveu eu também vivi, quando a vovó me prendia à sua saia. É claro que eu não teria descrito isso tão bem quanto o senhor; eu não sou instruída — acrescentou timidamente, ainda sentindo uma espécie de respeito pela minha eloquência patética e estilo elevado. — Mas fico muito feliz que tenha sido tão aberto comigo. Agora eu o conheço completamente, todo o seu ser. E sabe de uma coisa? Quero contar a minha história também, ela toda, sem esconder nada, e depois disso o senhor deve me dar um conselho. É um homem muito inteligente; promete me dar um conselho?

— Ah, Nástienka — exclamei —, embora eu nunca tenha dado conselhos, muito menos conselhos sensatos, agora vejo que, se continuarmos assim, isso será muito bom, e cada um de nós dará ao outro muitos conselhos bons! Bem, minha linda Nástienka, que tipo de conselho a senhorita quer? Fale com franqueza; neste momento, estou tão animado e feliz, tão ousado e sensato, que não será difícil encontrar palavras.

— Não, não! — interrompeu Nástienka, rindo. — Não quero apenas conselhos sensatos, quero conselhos calorosos, fraternais, como se tivesse gostado de mim a vida toda!

— Combinado, Nástienka, combinado! — exclamei, encantado. — E, se eu tivesse gostado da senhorita por vinte anos, não poderia gostar mais do que gosto agora.

— Dê-me a mão — disse Nástienka.

— Aqui está — respondi, estendendo minha mão.

— E agora, vamos começar a minha história!

A HISTÓRIA DE NÁSTIENKA

— Metade da minha história o senhor já sabe; ou seja, sabe que eu tenho uma avó idosa...

— Se a outra metade for tão breve quanto essa… — interrompi, rindo.

— Fique quieto e ouça. Primeiro, o senhor tem que prometer não me interromper, ou talvez eu me atrapalhe! Vamos, escute com atenção.

— Eu tenho uma avó idosa. Fui parar sob os cuidados dela quando era bem pequena, pois meu pai e minha mãe já tinham falecido. Deve-se supor que minha avó já foi mais rica, pois agora ela vive relembrando os velhos tempos. Ela me ensinou francês e depois contratou um tutor para mim. Quando eu tinha quinze anos (e agora tenho dezessete), paramos com as aulas. Foi nessa época que aprontei uma das minhas; o que fiz, não vou contar, mas basta dizer que não foi nada muito grave. Porém, um dia, pela manhã, minha avó me chamou e disse que, por ser cega, não podia cuidar de mim como devia. Ela pegou um alfinete, prendeu o meu vestido ao dela e disse que ficaríamos assim pelo resto da vida, se eu não me tornasse uma menina melhor. No começo, era impossível escapar dela: eu tinha que trabalhar, ler e estudar sempre ao lado da minha avó. Uma vez, tentei enganá-la e convenci Fekla, nossa faxineira, a se sentar no meu lugar. Fekla é surda. Enquanto minha avó dormia na cadeira, fui visitar uma amiga ali perto. Bom, deu problema. Minha avó acordou enquanto eu estava fora, fez algumas perguntas e pensou que eu ainda estava sentada, quieta no meu lugar. Fekla viu que minha avó estava perguntando algo, mas não entendia o que era; ficou sem saber o que fazer, desfez o alfinete e saiu correndo…

Nesse ponto, Nástienka parou e começou a rir. Eu ri junto. Ela parou imediatamente.

— Olha, não ria da minha avó. Eu rio porque é engraçado... O que posso fazer, já que minha avó é assim? Mas, ainda assim, gosto dela de certa forma. Ah, levei uma bronca naquele dia! Tive que voltar ao meu lugar imediatamente, e, depois disso, não pude sair mais. Ah, esqueci de dizer que a casa em que moramos é nossa, ou melhor, da minha avó. É uma casinha de madeira, com três janelas, tão velha quanto ela, com um pequeno sótão. Bem, um novo inquilino foi morar nesse sótão.

— Então tiveram um inquilino mais antigo — observei casualmente.

— Tínhamos, sim — respondeu Nástienka —, e ele sabia ficar em silêncio melhor do que o senhor. Na verdade, ele mal usava a língua. Era um velhinho mudo, cego, manco e tão frágil que, no fim, não conseguiu mais viver e morreu. Então tivemos que arranjar outro inquilino, porque não podíamos viver sem o aluguel: a pensão da minha avó, com o aluguel, é quase tudo o que temos. Mas o novo inquilino, por sorte ou azar, era um homem jovem, um forasteiro. Como ele não discutiu o valor do aluguel, minha avó o aceitou e só depois me perguntou: "Diga-me, Nástienka, como é o nosso inquilino? Ele é jovem ou velho?" Eu não quis mentir e disse à minha avó que ele não era exatamente jovem, mas também não era velho. "E ele é bonito?", perguntou minha avó. Mais uma vez, não quis mentir: "Sim, ele é bonito, vovó", respondi. E minha avó disse: "Ah, que coisa incômoda! Digo-lhe, neta, que você não deve se interessar por ele. Que tempos são esses! Um simples inquilino e ele ainda tem que ser bonito; nos velhos tempos era tudo diferente!" Minha avó sempre lamentava os velhos tempos — ela era mais jovem nos velhos tempos, o sol era mais quente nos velhos tempos, e as coisas não azedavam tão rápido nos velhos tempos — sempre os velhos tempos! Eu ficava quieta, pensativa, me perguntando: "Por que minha avó mencionou isso? Por que perguntou se o inquilino era jovem e bonito?" Mas só pensava nisso, voltava a contar os pontos, continuava tricotando minha meia e esquecia o assunto. Bem, uma manhã, o inquilino entrou para nos ver; ele veio perguntar sobre uma promessa de que colocaríamos papel de parede nos quartos dele. Conversa vai, conversa vem, minha avó, que é falante, disse: "Vá, Nástienka, ao meu quarto, e traga meu ábaco". Levantei-me de imediato, fiquei toda vermelha, não sei por quê, e me esqueci de que estava presa à minha avó. Em vez de soltar o alfinete discretamente, para que o inquilino não visse, levantei-me de um jeito que a cadeira da minha avó se mexeu. Quando percebi que o inquilino tinha entendido tudo, fiquei mais envergonhada ainda, parei onde estava, como se tivesse levado um tiro, e, de repente, comecei a chorar. Eu me sentia tão miserável naquele momento que não sabia onde enfiar a cara! Minha avó gritou: "O que está esperando?" E eu comecei a chorar ainda mais. Quando o inquilino viu como eu estava envergonhada por causa dele, fez uma reverência e foi embora imediatamente! Depois disso, eu me sentia pronta para morrer a qualquer som no corredor. "É o inquilino", pensava eu constantemente; e soltava o alfinete silenciosamente, só por precaução. Mas sempre acabava não sendo ele, e ele nunca aparecia. Passaram-se duas semanas; o inquilino mandou dizer pela Fekla que tinha uma grande quantidade de livros franceses, todos bons livros, que eu poderia ler, e perguntou se a vovó gostaria que eu os lesse para não ficar entediada. Minha avó aceitou com gratidão, mas continuava perguntando se os livros eram morais, pois, se fossem imorais, isso estava fora de questão — aprenderíamos coisas ruins com eles. "E o que eu aprenderia, vovó? O que está escrito neles?" "Ah", disse ela, "o que é descrito neles é como os jovens seduzem as moças virtuosas; como, sob o pretexto de quererem casar com elas, as levam embora das casas dos pais; e como depois abandonam essas pobres garotas ao destino, e elas acabam perecendo de maneira muito triste. Eu li muitos livros assim", disse minha avó, "e tudo é tão bem descrito que a gente passa a noite inteira lendo às escondidas. Por isso, não leia esses livros, Nástienka" disse ela. "Quais livros ele mandou?" "São todos romances de Walter Scott[19], vovó." "Romances de Walter Scott! Mas espere, será que não há algum truque nisso? Veja bem, ele não escondeu nenhuma carta de amor entre eles?" "Não, vovó", eu disse, "não há nenhuma carta de amor". "Mas olhe debaixo da encadernação; às vezes eles escondem as cartas sob as capas, esses malandros!" "Não, vovó, não há nada debaixo da encadernação." "Bem, então está tudo bem." Começamos a ler os Walter Scott, e em um mês já tínhamos lido quase a metade. Depois, ele nos mandou mais livros, e mais. Mandou-nos Púshkin[20] também; até que, no fim, eu já não conseguia ficar sem um livro e deixei de sonhar sobre como seria maravilhoso me casar com um príncipe chinês. As coisas estavam assim quando, um dia, encontrei nosso inquilino nas escadas. Minha avó havia me mandado buscar algo. Ele parou, eu corei, e ele também; ele, no entanto, riu, cumprimentou-me, perguntou pela vovó e disse: "Bem, a senhorita leu os livros?" Eu respondi que sim. "De qual gostou mais?", perguntou ele. Eu disse: "De *Ivanhoé*[21], e de Púshkin mais do que todos", e assim terminou nossa conversa daquela vez. Uma semana depois, encontrei-o novamente nas escadas. Dessa vez, minha avó não havia me mandado; eu mesma queria pegar algo. Já passava das duas, e o inquilino costumava chegar em casa nessa hora. "Boa tarde", disse ele. Eu também disse boa tarde. "A

19 Walter Scott (1771-1832) foi um escritor, poeta e romancista escocês, considerado um dos maiores autores da literatura britânica e um dos principais responsáveis pela popularização do romance histórico.

20 Alexandre Púshkin (1799-1837) foi um dos mais importantes e influentes escritores russos, amplamente considerado o "pai" da literatura russa moderna.

21 *Ivanhoé* é o título de um romance histórico escrito por Walter Scott, publicado em 1819. A obra é uma das mais famosas do autor e um dos pilares do gênero de romance histórico.

senhorita não acha monótono", ele disse, "ficar o dia todo com sua avó?" Quando ele perguntou isso, eu corei; não sei por quê. Fiquei envergonhada e, novamente, me senti ofendida — suponho que porque outras pessoas tinham começado a me perguntar sobre isso. Quis ir embora sem responder, mas não tive forças. "Ouça", ele disse, "a senhorita é uma boa garota. Perdoe-me por falar contigo assim, mas asseguro-lhe que desejo o seu bem-estar tanto quanto sua avó. A senhorita não tem amigos que poderia visitar?" Eu disse que não tinha, que a única amiga que já tive foi Mashenka, e ela havia ido para Pskov[22]. "Ouça", ele disse, "gostaria de ir ao teatro comigo?" "Ao teatro? E minha avó?" "Mas a senhorita teria que ir sem que sua avó soubesse", ele disse. "Não", eu disse, "não quero enganar minha avó. Adeus." "Bem, adeus", ele respondeu, e não disse mais nada. Só que, depois do jantar, ele veio nos visitar; ficou muito tempo conversando com minha avó, perguntou se ela costumava sair, se tinha conhecidos, e, de repente, disse: "Eu comprei uma entrada para a ópera para esta noite; vão apresentar *O Barbeiro de Sevilha*[23]. Meus amigos queriam ir, mas depois desistiram". "*O Barbeiro de Sevilha*?", exclamou minha avó. "Ora, o mesmo dos velhos tempos?" "Sim, é o mesmo barbeiro", disse ele, e me lançou um olhar. Eu entendi o que significava, fiquei vermelha como um tomate, e meu coração começou a bater descompassadamente de ansiedade. "Claro que eu conheço", disse minha avó. "Ora, eu mesma interpretei Rosina[24] nos

22 Pskov é uma cidade histórica situada ao noroeste da Rússia, próxima à fronteira com a Estônia e a Letônia.

23 Em italiano, *Il Barbiere di Siviglia* é uma famosa ópera em dois atos composta por Gioachino Rossini (1792–1868). Estreada em 1816, a ópera é baseada na comédia homônima escrita por Pierre-Augustin Caron de Beaumarchais em 1775.

24 Rosina é a personagem feminina principal da ópera *O Barbeiro de Sevilha*.

velhos tempos, em uma apresentação particular!" "Então, a senhora não gostaria de ir hoje?", disse o inquilino. "Ou os ingressos serão desperdiçados." "Por que não iríamos?", disse minha avó. "E minha Nástienka aqui nunca foi ao teatro." Meu Deus, que alegria! Nós nos arrumamos imediatamente, vestimos nossas melhores roupas e partimos. Embora minha avó fosse cega, ela ainda queria ouvir a música; além disso, é uma boa alma, e o que mais a preocupava era me alegrar, pois nunca teríamos ido por conta própria. Quais foram as minhas impressões sobre *O Barbeiro de Sevilha* eu não vou contar, mas naquela noite o nosso inquilino me olhou de um jeito tão gentil, falou de forma tão agradável, que percebi de imediato que ele havia me testado pela manhã, quando propôs que eu fosse sozinha com ele. Ah, que felicidade! Fui para a cama tão orgulhosa, tão alegre; meu coração batia tanto que fiquei um pouco febril, e passei a noite inteira sonhando com *O Barbeiro de Sevilha*. Eu esperava que ele começasse a nos visitar com mais frequência depois disso, mas isso não aconteceu. Ele quase parou de vir. Passava por lá só uma vez por mês, e mesmo assim apenas para nos convidar para o teatro. Fomos mais duas vezes. Só que eu não ficava nem um pouco satisfeita com isso; percebi que ele simplesmente tinha pena de mim, porque eu era tão controlada pela minha avó, e só isso. Com o tempo, fiquei cada vez mais inquieta, não conseguia mais ficar sentada, nem ler, nem trabalhar; às vezes eu ria e fazia algo para irritar minha avó, em outras ocasiões eu chorava. Por fim, emagreci e fiquei quase doente. A temporada de ópera acabou, e nosso inquilino parou de nos visitar completamente; sempre que nos encontrávamos

— sempre na mesma escada, é claro — ele fazia uma reverência em silêncio, tão sério, como se não quisesse falar, e saía pela porta da frente, enquanto eu continuava parada no meio da escada, vermelha como uma cereja, com todo o sangue correndo para a minha cabeça ao vê-lo. Agora o fim está próximo. Há exatamente um ano, em maio, o inquilino veio até nós e disse à minha avó que havia terminado seus negócios por aqui e que precisava voltar para Moscou por um ano. Quando ouvi isso, desabei em uma cadeira, quase desfalecida; minha avó não percebeu nada; e, depois de nos informar que partiria, ele se despediu e foi embora. O que eu deveria fazer? Pensei e pensei, sofri e sofri, até que tomei uma decisão. No dia seguinte, ele partiria, e eu decidi resolver tudo naquela noite, quando minha avó fosse para a cama. E foi o que aconteceu. Juntei todas as minhas roupas em um pacote — todo o enxoval de que precisaria — e, com o pacote na mão, mais morta que viva, subi até o quarto do nosso inquilino. Acho que devo ter ficado uma hora na escada. Quando abri a porta, ele deu um grito ao me ver. Ele pensou que eu era um fantasma e correu para me dar água, pois eu mal conseguia me manter de pé. Meu coração batia tão violentamente que minha cabeça doía, e eu não sabia o que estava fazendo. Quando me recuperei, coloquei o pacote na cama dele, sentei-me ao lado e escondi o rosto nas mãos, chorando copiosamente. Acho que ele entendeu tudo de imediato e me olhou com tanta tristeza que meu coração se partiu. "Ouça", ele começou, "ouça, Nástienka, eu não posso fazer nada; sou um homem pobre, não tenho nada, nem mesmo uma posição decente. Como poderíamos viver, se eu me casasse com a senhorita?"

Conversamos por um longo tempo; mas, por fim, fiquei completamente desesperada, disse que não aguentava mais viver com minha avó, que fugiria dela, que não queria mais ser presa a ela, e que iria para Moscou, se ele quisesse, porque eu não podia viver sem ele. Vergonha, orgulho e amor gritavam dentro de mim ao mesmo tempo, e desabei na cama quase em convulsões, com tanto medo de uma recusa. Ele ficou em silêncio por alguns minutos, depois se levantou, veio até mim e pegou minha mão: "Ouça, minha querida Nástienka, ouça: eu juro que, se algum dia eu estiver em condições de me casar, a senhorita será a minha felicidade. Garanto que, agora, é a única que poderia me fazer feliz. Ouça, vou para Moscou e ficarei lá apenas um ano; espero conseguir me estabelecer. Quando eu voltar, se ainda me amar, eu juro que seremos felizes. Agora é impossível, não posso, não tenho o direito de prometer nada. Bem, repito, se não for dentro de um ano, será em algum momento; isso é, claro, se a senhorita não preferir outra pessoa, pois não posso e nem ouso prendê-la com qualquer tipo de promessa". Foi isso que ele me disse, e no dia seguinte ele partiu. Concordamos em não dizer uma palavra à minha avó: foi o desejo dele. Bem, minha história está quase terminada agora. Passou-se exatamente um ano. Ele chegou; está aqui há três dias, e, e..."

— E o quê? — gritei, impaciente para ouvir o final.

— E até agora não deu sinal de vida! — respondeu Nástienka, como se juntasse toda a sua coragem. — Nenhum sinal, nada dele.

Aqui ela parou, hesitou por um momento, inclinou a cabeça e, cobrindo o rosto com as mãos, rompeu em soluços tão intensos que meu coração se apertou ao ouvi-los. Eu não esperava de forma alguma tal desfecho.

— Nástienka — comecei timidamente, com uma voz conciliadora —, Nástienka! Pelo amor de Deus, não chore! Como sabe? Talvez ele ainda não tenha chegado...

— Ele chegou, ele chegou — repetiu Nástienka. — Ele está aqui, eu sei disso. Nós combinamos na época, naquela noite, antes de ele ir embora: quando dissemos tudo o que eu te contei e chegamos a um entendimento, saímos para uma caminhada aqui, neste mesmo calçadão. Eram dez horas; sentamos neste banco. Eu não chorava então; era doce ouvir o que ele dizia... E ele disse que viria nos ver assim que chegasse, e, se eu não o recusasse, contaríamos tudo para minha avó. Agora ele está aqui, eu sei, e ainda assim ele não vem!

E novamente ela começou a chorar.

— Meu Deus, será que não posso fazer nada para ajudá-la em sua dor? — gritei, levantando-me do banco em total desespero. — Diga-me, Nástienka, não seria possível eu ir até ele?

— Isso seria possível? — perguntou ela de repente, levantando a cabeça.

— Não, é claro que não — disse eu, recuperando-me —, mas vou te dizer uma coisa: escreva uma carta.

— Não, isso é impossível, eu não posso fazer isso — respondeu ela decidida, inclinando a cabeça e sem me olhar.

— Como impossível? Por que seria impossível? — continuei, insistindo na minha ideia. — Mas, Nástienka, depende de que tipo de carta; há cartas e cartas e... Ah, Nástienka, estou certo; confie em mim, confie em mim, eu não lhe daria um mau conselho. Tudo pode ser resolvido! A senhorita deu o primeiro passo — por que não agora?

— Eu não posso. Não posso! Parece que eu estaria me impondo a ele...

— Ah, minha boa e querida Nástienka — disse eu, quase incapaz de conter um sorriso —, não, não, a senhorita tem todo o direito, de fato, porque ele te fez uma promessa. Além disso, vejo por tudo que ele é um homem de sentimentos delicados; ele se comportou muito bem — continuei, cada vez mais envolvido pela lógica dos meus próprios argumentos e convicções. — Como ele se comportou? Ele se comprometeu por uma promessa: disse que, se fosse se casar, não seria com outra pessoa além da senhorita; ele lhe deu total liberdade para recusá-lo imediatamente... Em tais circunstâncias, pode dar o primeiro passo; tem esse direito; está em uma posição privilegiada — se, por exemplo, quisesse liberá-lo de sua promessa...

— Escute; como o senhor escreveria?

— Escreveria o quê?

— Essa carta.

— Vou lhe dizer como eu escreveria: "Prezado senhor..."

— Eu realmente devo começar assim, "Prezado senhor"?

— Certamente! Embora, pensando bem, eu não saiba, imagino...

— Bem, bem, e depois?

— "Prezado senhor, devo me desculpar por..." Não, não há necessidade de pedir desculpas; o próprio fato justifica tudo. Escreva simplesmente: "Estou escrevendo para o senhor. Perdoe minha impaciência; mas fui feliz durante todo um ano com a esperança. Sou culpada por não conseguir suportar agora um dia de dúvida? Agora que chegou, talvez tenha mudado de ideia. Se for assim, esta carta é para dizer que não me queixo, nem o culpo. Não o culpo porque não tenho poder sobre seu coração; este é o meu destino! O senhor é um homem honrado. Não vai sorrir nem se irritar com estas linhas impacientes. Lembre-se de que elas foram escritas por uma pobre garota; que ela está sozinha; que não tem ninguém para orientá-la, ninguém para aconselhá-la, e que ela mesma nunca conseguiu controlar o próprio coração. Mas perdoe-me por deixar que uma dúvida entrasse — ainda que por um instante — em meu coração. O senhor não é capaz de insultar, nem mesmo em pensamento, aquela que tanto o amou e o ama".

— Sim, sim, era exatamente isso que eu estava pensando! — gritou Nástienka, e seus olhos brilhavam de alegria. — Oh, o senhor resolveu minhas dificuldades: Deus o enviou para mim! Obrigada, obrigada!

— Pelo quê? Pelo quê? Por Deus ter me enviado? — perguntei, olhando encantado para seu rostinho alegre.

— Por isso também.

— Ah, Nástienka! Ora, algumas pessoas agradecem por viverem na mesma época que outras; eu agradeço por tê-la encontrado, por poder me lembrar da senhorita pelo resto da minha vida!

— Bem, chega, chega! Agora, escute: combinamos na época que, assim que ele chegasse, me avisaria, deixando uma carta com algumas boas e simples pessoas que conheço e que nada sabem sobre isso; ou, se fosse impossível escrever uma carta — porque uma carta nem sempre diz tudo — ele estaria aqui às dez horas do dia em que chegasse, no local combinado. Eu sei que ele já chegou; mas agora é o terceiro dia, e não há sinal dele nem carta alguma. Não posso sair de perto da avó pela manhã. Entregue minha carta amanhã para essas pessoas de quem falei; elas a farão chegar até ele, e, se houver resposta, traga-a amanhã às dez horas.

— Mas a carta, a carta! Veja, a senhorita precisa escrever a carta primeiro! Então talvez tudo tenha que ser no dia seguinte.

— A carta… — disse Nástienka, um pouco confusa — a carta... mas...

Mas ela não terminou. Primeiro, virou o rostinho para longe de mim, corada como uma rosa, e, de repente, senti na minha mão uma carta que evidentemente havia sido escrita há muito tempo, já pronta e lacrada. Uma doce e encantadora lembrança familiar passou pela minha mente.

— R, o-Ro; s, i-si; n, a-na[25] — comecei.

25 A fala é uma referência à cena de O Barbeiro de Sevilha, quando Fígaro diz para Rosina escrever uma carta, mas ela imediatamente lhe entrega a carta, que já estava pronta. (N. do R.)

— Rosina! — nós dois cantarolamos juntos; quase a abracei de alegria, enquanto ela corava como só ela sabia corar, rindo por entre as lágrimas que brilhavam como pérolas em seus cílios negros.

— Vamos, chega, chega! Agora, adeus — disse ela rapidamente. — Aqui está a carta, aqui está o endereço para onde deve levá-la. Adeus, até amanhã! Até amanhã!

— Ela apertou minhas mãos calorosamente, acenou com a cabeça e saiu como uma flecha pela rua lateral. Fiquei parado por um longo tempo, acompanhando-a com os olhos.

“Até amanhã! Até amanhã!” ecoava em meus ouvidos enquanto ela desaparecia de vista.

TERCEIRA NOITE

Hoje foi um dia sombrio e chuvoso, sem um único vislumbre de sol, como a velhice que me aguarda. Estou atormentado por pensamentos estranhos, por sensações lúgubres; questões ainda tão obscuras invadem minha mente, e pareço não ter nem força nem vontade para resolvê-las. Resolver tudo isso não é para mim!

Hoje, não nos veremos. Ontem, quando nos despedimos, as nuvens começaram a se acumular no céu e uma névoa subiu. Eu disse que amanhã o dia seria ruim; ela não respondeu, não queria falar contra seus próprios desejos; para ela, aquele dia era claro e brilhante, nenhum sinal de nuvem deveria obscurecer sua felicidade. "Se chover, não nos veremos", ela disse, "não virei". Achei que ela não notaria a chuva de hoje, e, mesmo assim, ela não veio.

Ontem foi nosso terceiro encontro, nossa terceira noite branca... Mas como a alegria e a felicidade transformam alguém! Como o coração transborda de amor! Parece que se quer derramar tudo o que está no coração, que tudo ao redor também seja alegre, que tudo ria. E como essa alegria é contagiante! Havia tanta doçura em suas palavras, tanto carinho em seu coração por mim ontem... Que atenciosa e amigável ela foi; com que ternura tentou me dar coragem! Ah, a sedução da felicidade! Enquanto eu... eu tomei tudo como se fosse genuíno, achei que ela...

Mas, meu Deus, como pude pensar isso? Como pude ser tão cego, quando tudo já era de outro, quando nada era meu; quando, de fato, sua própria ternura por mim, sua preocupação, seu amor... sim, amor por mim, não era nada além de alegria pelo pensamento de encontrar outro homem tão em breve, o desejo de me incluir também em sua felicidade? Quando ele não veio, quando esperamos em vão, ela franziu o cenho, ficou tímida e desanimada. Seus movimentos, suas palavras, não eram mais tão leves, tão brincalhonas, tão alegres; e, estranho dizer, ela redobrou sua atenção comigo, como se, instintivamente, quisesse me dar o que tanto ansiava para si mesma, caso seus desejos não se realizassem. Minha Nástienka estava tão abatida, tão desanimada, que penso que, no fim, percebeu que eu a amava e sentiu pena do meu pobre amor. Porque, quando estamos infelizes, sentimos mais a infelicidade dos outros; o sentimento não é destruído, mas concentrado...

Fui ao encontro dela com o coração cheio e impaciente. Não tinha pressentimento de que me sentiria como me sinto agora, de que tudo não terminaria feliz. Ela estava radiante de alegria; estava esperando uma resposta. A resposta era ele. Ele deveria vir, correr ao chamado dela. Ela chegou uma hora inteira antes de mim. No início, ria de tudo, ria de cada palavra que eu dizia. Comecei a falar, mas acabei caindo no silêncio.

— Sabe por que estou tão feliz — ela disse — tão feliz de olhar para o senhor? Por que gosto tanto do senhor hoje?

— Por quê? — perguntei, e meu coração começou a bater forte.

— Gosto do senhor porque não se apaixonou por mim. Sabe, outros homens, no lugar do senhor, estariam me incomodando e perturbando, suspirando e miseráveis, enquanto o senhor é tão bom!

Então ela apertou minha mão com tanta força que quase gritei. Ela riu.

— Meu Deus, que amigo o senhor é! — começou, gravemente, um minuto depois. — Deus o enviou para mim. O que teria acontecido se não estivesse comigo agora? Como o senhor é desinteressado! Como realmente se importa comigo! Quando eu me casar, seremos grandes amigos, mais do que irmãos; gostarei do senhor quase como gosto dele...

Senti-me terrivelmente triste naquele momento, e ainda assim algo como uma risada agitava minha alma.

— A senhorita está muito perturbada — eu disse —, está assustada; acha que ele não virá.

— Ah, meu Deus! — ela respondeu — se eu estivesse menos feliz, acho que choraria por sua falta de fé, pelos reproches do senhor. No entanto, o senhor me fez pensar e me deu muito em que pensar; mas pensarei depois, e agora admito que está certo. Sim, de algum modo não estou no meu estado normal; estou ansiosa e sinto tudo de forma tão leve. Mas, silêncio! Chega de falar de sentimentos...

Nesse momento, ouvimos passos, e, na escuridão, vimos uma figura se aproximando. Ambos nos sobressaltamos; ela quase gritou; soltei sua mão e fiz um movimento como se fosse embora. Mas estávamos enganados, não era ele.

— Por que está com medo? Por que soltou minha mão? — ela disse, estendendo-a para mim novamente. — Vamos, o que foi? Vamos encontrá-lo juntos; quero que ele veja como gostamos um do outro.

— Como gostamos um do outro! — exclamei. "Ah, Nástienka, Nástienka", pensei, "o quanto me disse com essa frase! Esse tipo de afeição, em certos momentos, esfria o coração e pesa na alma. A mão da senhorita está fria, a minha queima como fogo. Como a senhorita é cega, Nástienka...! Ah, como uma pessoa feliz pode ser insuportável às vezes! Mas não consigo me zangar!"

Por fim, meu coração estava transbordando.

— Escute, Nástienka! — gritei. — Sabe como foi meu dia hoje?

— Como foi, como foi? Diga logo! Por que não disse nada até agora?

— Para começar, Nástienka, depois de cumprir todas as tarefas que me deu, entregar a carta, visitar os bons amigos da senhorita, então... então fui para casa e me deitei.

— Só isso? — ela interrompeu, rindo.

— Sim, quase só isso — respondi, controlando-me, porque lágrimas tolas já estavam começando a brotar nos meus olhos. — Acordei uma hora antes do nosso encontro, e, no entanto, era como se eu não tivesse dormido. Não sei o que aconteceu comigo. Vim contar tudo à senhorita, sentindo como se o tempo tivesse parado, sentindo como se uma única sensação, um único sentimento devesse permanecer comigo para sempre; sentindo como se um minuto fosse durar por toda a eternidade, e como se toda a vida tivesse parado para mim... Quando acordei, parecia que um motivo musical, familiar há muito tempo, ouvido em algum lugar no passado, esquecido e voluptuosamente doce, tinha voltado para mim agora. Parecia que ele havia clamado no meu coração durante toda a vida, e só agora...

— Ah, meu Deus, meu Deus — interrompeu Nástienka — o que tudo isso significa? Não entendo uma palavra.

— Ah, Nástienka, eu queria, de alguma forma, transmitir à senhorita essa impressão estranha... — comecei, com uma voz queixosa, na qual ainda havia escondida uma esperança, embora muito fraca.

— Pare com isso. Silêncio! — disse ela, e, num instante, a esperta raposa adivinhou.

De repente, ela se tornou extraordinariamente falante, alegre, travessa; pegou meu braço, riu, quis que eu risse também, e cada palavra confusa que eu dizia provocava nela longas gargalhadas cristalinas... Comecei a me irritar, ela tinha começado a flertar de repente.

— Sabe — começou ela —, fico um pouco chateada que não esteja apaixonado por mim. Não dá para entender a natureza humana! Mas, mesmo assim, Sr. Inatingível, não pode me culpar por ser tão simples; eu lhe conto tudo, tudo, qualquer pensamento bobo que passe pela minha cabeça.

— Escute! Acho que já são onze horas — eu disse, enquanto o som lento de um sino ecoava de uma torre distante.

Ela parou de repente, deixou de rir e começou a contar.

— Sim, são onze — disse ela finalmente, com uma voz tímida e incerta.

Lamentei imediatamente por tê-la assustado, fazendo-a contar as badaladas, e amaldiçoei-me pelo impulso maldoso; fiquei com pena dela e não sabia como compensar o que havia feito.

Comecei a consolá-la, buscando razões para ele não ter vindo, apresentando vários argumentos, provas. Ninguém poderia ser mais fácil de enganar do que ela naquele momento; e, de fato, qualquer pessoa, em um momento assim, ouve de bom grado qualquer consolo, seja ele qual for, e fica radiante se puder encontrar uma sombra de desculpa.

— E, de fato, é algo absurdo — comecei, animando-me com minha tarefa e admirando a clareza extraordinária do meu argumento —, ele não poderia ter vindo; a senhorita me confundiu tanto, Nástienka, que eu também perdi a noção do tempo... Só pense: ele provavelmente nem recebeu a carta; suponha que ele não consiga vir, suponha que ele vá responder à carta e só possa vir amanhã. Eu vou assim que amanhecer e te aviso imediatamente. Considere, há milhares de possibilidades; talvez ele não estivesse em casa quando a carta chegou e talvez nem a tenha lido até agora! Qualquer coisa pode acontecer, sabe.

— Sim, sim! — disse Nástienka. — Eu não tinha pensado nisso. Claro, qualquer coisa pode acontecer — continuou ela em um tom que não oferecia oposição, embora um outro pensamento distante parecesse surgir como uma nota discordante. — Eu sei o que deve fazer — disse ela. — Vá o mais cedo possível amanhã de manhã e, se souber de algo, me avise imediatamente. O senhor sabe onde eu moro, não sabe?

E começou a repetir seu endereço para mim.

De repente, ela ficou tão carinhosa, tão atenciosa comigo. Parecia ouvir atentamente o que eu dizia; mas, quando eu fazia alguma pergunta, ela ficava em silêncio, confusa, e desviava o olhar. Olhei em seus olhos — sim, ela estava chorando.

— Como pode? Como pode? Oh, que menina a senhorita é! Que infantilidade...! Vamos, vamos!

Ela tentou sorrir, acalmar-se, mas o queixo tremia e o peito ainda arfava.

— Eu estava pensando no senhor — disse ela após um minuto de silêncio. — O senhor é tão bom que eu seria uma pedra se não sentisse isso. Sabe o que me ocorreu agora? Estava comparando vocês dois. Por que ele não é o senhor? Por que ele não é como o senhor? Ele não é tão bom quanto o senhor, embora eu o ame mais.

Não respondi nada. Ela parecia esperar que eu dissesse algo.

— Claro, pode ser que eu ainda não o entenda completamente. Sabe, eu sempre meio que tive medo dele; ele sempre foi tão sério, tão orgulhoso. Claro, eu sei que isso é só aparência, sei que há mais ternura no coração dele do que no meu... Lembro-me de como ele me olhou quando entrei para falar com ele — o senhor lembra? — com minha trouxa; mas, ainda assim, respeito-o demais, e isso não mostra que não somos iguais?

— Não, Nástienka, não — respondi. — Isso mostra que a senhorita o ama mais do que tudo no mundo, muito mais do que a si mesma.

— Sim, supondo que seja assim — respondeu Nástienka ingenuamente. — Mas sabe o que me vem à cabeça agora? Só que não estou falando dele agora, mas de forma geral; tudo isso me ocorreu há algum tempo. Diga, como é que não podemos ser todos como irmãos? Por que até mesmo os melhores homens parecem sempre esconder algo dos outros e guardar algo para si? Por que não dizer diretamente o que está no coração, quando sabemos que não estamos falando à toa? Assim, todos parecem mais duros do que realmente são, como se todos tivessem medo de cometer injustiça com seus próprios sentimentos, sendo rápidos demais para expressá-los.

— Oh, Nástienka, o que diz é verdade; mas há muitas razões para isso — interrompi, reprimindo meus próprios sentimentos naquele momento mais do que nunca.

— Não, não! — respondeu ela com profundo sentimento. — Aqui, o senhor, por exemplo, não é como as outras pessoas! Eu realmente não sei como dizer o que sinto; mas parece que o senhor, por exemplo... no momento... parece que está sacrificando algo por mim — acrescentou timidamente, lançando-me um olhar fugaz. — Perdoe-me por dizer isso, sou uma garota simples, sabe. Vi muito pouco da vida, e realmente às vezes não sei como dizer as coisas — acrescentou, com uma voz que tremia com algum sentimento oculto, enquanto tentava sorrir. — Mas só queria te dizer que sou grata, que sinto tudo isso... Oh, que Deus lhe dê felicidade por isso! O que me disse sobre o seu sonhador não é mais verdade agora — isto é, quero dizer, não é verdade sobre o senhor. O senhor está mudando, é um homem completamente diferente do que descreveu. Se o senhor se apaixonar por alguém um dia, que Deus lhe dê felicidade com ela! Não vou desejar nada para ela, porque ela será feliz. Eu sei, sou mulher, então deve acreditar em mim quando digo isso.

Ela parou de falar e apertou minha mão calorosamente. Eu também não consegui falar sem emoção. Alguns minutos se passaram.

— Sim, está claro que ele não virá esta noite — disse ela, por fim, levantando a cabeça. — Está tarde.

— Ele virá amanhã — respondi no tom mais firme e convincente possível.

— Sim — ela acrescentou, sem sinal de sua antiga tristeza. — Agora vejo que ele só poderia vir amanhã. Bem, adeus, até amanhã. Se chover, talvez eu não venha. Mas depois de amanhã, virei. Virei com certeza, aconteça o que acontecer; esteja aqui, quero te ver, te contarei tudo.

E então, quando nos despedimos, ela me deu a mão e disse, olhando para mim com franqueza:

— Estaremos sempre juntos, não estaremos?

Oh, Nástienka, Nástienka! Se soubesse como estou sozinho agora!

Assim que deu nove horas, não consegui ficar em casa. Vesti-me e saí, apesar do tempo. Estava lá, sentado em nosso banco. Fui até a rua dela, mas fiquei com vergonha e voltei sem olhar para as janelas dela, quando estava a dois passos da porta. Voltei para casa mais deprimido do que nunca. Que dia úmido e sombrio! Se estivesse bom, teria andado por aí a noite inteira... Mas amanhã, amanhã! Amanhã ela me contará tudo.

A carta não chegou hoje, no entanto. Mas isso já era esperado. Eles já estão juntos agora...

QUARTA NOITE

Meu Deus, como tudo terminou! No que tudo isso deu! Cheguei às nove horas. Ela já estava lá. Notei-a de longe; estava em pé, como da primeira vez, com os cotovelos apoiados na grade, e não ouviu minha aproximação.

— Nástienka! — chamei, contendo meu nervosismo com esforço.

Ela se virou rapidamente para mim.

— E então? — disse ela. — Depressa!

Olhei para ela, confuso.

— Bem, onde está a carta? Trouxe a carta? — ela repetiu, segurando-se na grade.

— Não, não há carta — disse finalmente.

— Ele ainda não foi te ver?

Ela ficou terrivelmente pálida e me olhou por um longo tempo sem se mover. Eu havia destruído sua última esperança.

— Bem, que Deus fique com ele — disse ela, por fim, com a voz embargada —, que Deus fique com ele, se ele me deixa assim.

Ela baixou os olhos, tentou me olhar novamente, mas não conseguiu. Por vários minutos lutou contra a emoção. De repente, virou-se, apoiando os cotovelos na grade, e começou a chorar.

— Oh, não faça isso, não faça! — comecei; mas, olhando para ela, não tive coragem de continuar, e o que eu poderia dizer?

— Não tente me consolar — disse ela. — Não fale dele; não diga que ele virá, que ele não me abandonou tão cruel e desumanamente como fez. Para quê? Para quê? Terá havido algo na minha carta, naquela carta infeliz?

Nesse momento, os soluços sufocaram sua voz; meu coração se partia ao vê-la.

— Oh, como é cruel e desumano! — ela começou novamente. — E nem uma linha, nem uma linha! Ele poderia ao menos ter escrito que não me quer, que me rejeita — mas nem uma palavra em três dias! Como é fácil para ele ferir, insultar uma pobre garota indefesa, cujo único erro é amá-lo! Oh, o que eu sofri nesses três dias! Ai, meu Deus! Quando penso que fui eu quem foi até ele primeiro, que me humilhei diante dele, chorei, implorei por um pouco de amor...! E depois disso! Escute — disse ela, virando-se para mim, e seus olhos negros brilharam — não é isso! Não pode ser isso; não é natural. Ou o senhor está enganado, ou eu estou; talvez ele não tenha recebido a carta? Talvez ele ainda não saiba de nada? Como alguém poderia — julgue o senhor mesmo, diga-me, pelo amor de Deus, explique isso para mim, eu não consigo entender — como alguém poderia se comportar com tanta brutalidade como ele se comportou comigo? Nem *uma* palavra! A criatura mais vil da Terra é tratada com mais compaixão. Talvez ele tenha ouvido algo, talvez alguém tenha contado algo sobre mim — ela gritou, olhando para mim interrogativamente. — O que o senhor acha?

— Escute, Nástienka, eu irei até ele amanhã em nome da senhorita.

— E depois?

— Vou perguntar tudo a ele; contarei tudo.

— E depois, e depois?

— A senhorita deve escrever uma carta. Não diga não, Nástienka, não diga não! Eu farei com que ele respeite a atitude da senhorita, ele ouvirá tudo, e se…

— Não, meu amigo, não — ela interrompeu. — Já basta! Nem mais uma palavra, nem mais uma linha de mim; basta! Eu não o conheço; não o amo mais. Eu... esquecerei dele.

Ela não conseguiu continuar.

— Acalme-se, acalme-se! Sente-se aqui, Nástienka — disse eu, fazendo-a sentar no banco.

— Estou calma. Não se preocupe. Não é nada! São só lágrimas, elas secarão logo. O que, o senhor pensa que eu vou acabar comigo mesma, que vou me jogar no rio?

Meu coração estava cheio; tentei falar, mas não consegui.

— Escute — ela disse, segurando minha mão. — Diga-me: o senhor não teria se comportado assim, teria? Não teria abandonado uma garota que veio até o senhor por conta própria, não teria jogado no rosto dela uma zombaria cruel ao seu coração fraco e tolo? Teria cuidado dela? Teria percebido que ela estava sozinha, que não sabia como se cuidar, que não conseguiu se proteger de amá-lo, que não foi culpa dela, não foi culpa dela — que ela não fez nada... Oh, Deus, oh, Deus!

— Nástienka! — exclamei finalmente, incapaz de controlar minha emoção. — Nástienka, a senhorita me tortura! Fere meu coração, está me matando, Nástienka! Não posso ficar em silêncio! Tenho que falar, tenho que dar voz ao que está fervendo em meu coração!

Enquanto dizia isso, levantei-me do banco. Ela segurou minha mão e me olhou surpresa.

— O que há com o senhor? — disse ela, por fim.

— Escute — disse eu, resolutamente. — Escute-me, Nástienka! O que vou lhe dizer agora é uma bobagem, algo impossível, algo estúpido! Sei que isso nunca poderá acontecer, mas não posso ficar em silêncio. Pelo que está sofrendo agora, imploro-lhe que me perdoe antecipadamente!

— O que é? O que é? — disse ela, secando as lágrimas e me olhando atentamente, enquanto uma curiosidade estranha brilhava em seus olhos surpresos. — O que houve?

— É impossível, mas eu a amo, Nástienka! É isso! Agora tudo está dito — falei com um gesto de mão. — Agora veremos se consegue continuar falando comigo como antes, se consegue ouvir o que tenho a dizer.

— Bem, e então? — Nástienka me interrompeu. — E daí? Eu já sabia há muito tempo que o senhor me amava, só sempre achei que gostava de mim assim, de uma maneira geral... Oh, Deus, oh, Deus!

— No começo era apenas gostar, Nástienka, mas agora, agora! Estou na mesma posição que a senhorita estava quando foi até ele com uma trouxa. Em uma posição pior que a que se encontra, Nástienka, porque ele não se importava com ninguém como a senhorita se importa.

— O que o senhor está me dizendo! Eu não entendo nada. Mas diga-me, para que é isso; não quero dizer para quê, mas por que o senhor... tão de repente... Oh, meu Deus, estou falando besteira! Mas o senhor...

E Nástienka parou, confusa. Suas bochechas ardiam; ela abaixou os olhos.

— O que fazer, Nástienka, o que devo fazer? Eu sou o culpado. Abusei da... Mas não, não, eu não sou o culpado, Nástienka; sinto isso, sei disso, porque meu coração me diz que estou certo, pois não posso feri-la de forma alguma, não posso magoá-la! Eu era amigo da senhorita, mas ainda sou um amigo, não traí sua confiança. Aqui estão minhas lágrimas caindo, Nástienka. Que elas corram, que corram — elas não machucam ninguém. Elas vão secar, Nástienka.

— Sente-se, sente-se — ela disse, fazendo-me sentar no banco. — Oh, meu Deus!

— Não, Nástienka, não vou me sentar; não posso ficar aqui por mais tempo, a senhorita não pode me ver novamente; vou contar-lhe tudo e partir. Só quero dizer que a senhorita nunca teria descoberto que eu a amava. Eu teria guardado meu segredo. Não teria lhe perturbado em um momento como este com meu egoísmo. Não! Mas não consegui resistir agora; a senhorita falou sobre isso, foi sua culpa, sua culpa e não minha. Não teve como me afastar.

— Não, não, eu não o afasto, não! — disse Nástienka, disfarçando sua confusão o melhor que podia, a pobre garota.

— Não me afasta? Não! Mas eu pretendia fugir por conta própria. Vou embora, mas antes vou lhe contar tudo, porque quando a senhorita estava chorando aqui, eu não consegui ficar indiferente; quando chorava, quando estava em tormento por estar — vou falar disso, Nástienka — por estar abandonada, pelo amor da senhorita ser rejeitado, senti que no meu coração havia tanto amor pela senhorita, Nástienka, tanto amor! E era tão amargo não poder ajudá-la com o meu amor, que meu coração estava se partindo e eu... eu não podia ficar em silêncio; tive que falar, Nástienka, tive que falar!

— Sim, sim! Conte-me, fale comigo — disse Nástienka com um gesto indescritível. — Talvez ache estranho que eu fale com o senhor assim, mas... fale! Eu vou contar depois! Vou contar tudo.

— A senhorita sente pena de mim, Nástienka; simplesmente sente pena de mim, minha querida amiguinha! O que está feito, está feito. O que foi dito, não pode ser retirado. Não é verdade? Bem, agora sabe. Esse é o ponto de partida. Muito bem. Agora está tudo bem, apenas ouça. Quando estava sentada chorando, pensei comigo mesma (oh, deixe-me lhe contar o que eu estava pensando!), pensei que (claro que não pode ser, Nástienka), pensei que a senhorita... Pensei que de alguma forma... completamente à parte de mim, tivesse deixado de amar aquele homem. Então — pensei nisso ontem e anteontem, Nástienka — então eu teria — com certeza teria — conseguido fazê-la me amar; sabe, a senhorita mesma disse, Nástienka, que quase me amava. Bem, e depois? Bem, isso é quase tudo que eu queria contar; tudo o que resta dizer é como seria se me amasse, apenas isso, nada mais! Escute, minha amiga — pois de qualquer forma é minha amiga — eu sou, é claro, um homem pobre, humilde, sem grande importância; mas isso não vem ao caso (parece que não consigo dizer o que quero, Nástienka, estou tão confuso), só que eu a amaria, amaria tanto, que mesmo que ainda o amasse, mesmo que continuasse amando o homem que eu não conheço, nunca veria o meu amor como um fardo. Apenas sentiria, a cada minuto, que ao lado da senhorita bate um coração grato, um coração caloroso pronto para o seu bem... Oh, Nástienka, Nástienka! O que fez comigo?

— Não chore; eu não quero que chore — disse Nástienka, levantando-se rapidamente do banco. — Venha, levante-se, venha comigo, não chore, não chore — ela disse, enxugando as lágrimas com seu lenço. — Vamos agora; talvez eu lhe diga algo... Se ele me abandonou agora, se ele me esqueceu, embora eu ainda o ame (não quero enganá-lo)... mas ouça, me responda. E se eu amasse o senhor, por exemplo, isto é, se eu apenas... Oh, meu amigo, meu amigo! Pensar, pensar em como o magoei, quando zombei do seu amor, quando o elogiei por não se apaixonar por mim. Oh, Deus! Como eu não previ isso, como eu não previ isso, como pude ser tão estúpida? Mas... Bem, tomei uma decisão, vou contar tudo.

— Veja, Nástienka, sabe de uma coisa? Eu vou embora, é isso que vou fazer. Estou apenas atormentando a senhorita. Aqui está, arrependida de ter rido de mim, e eu não quero que a senhorita... além da tristeza... Claro que é minha culpa, Nástienka, mas adeus!

— Fique e me ouça: o senhor pode esperar?

— Esperar para quê? Como?

— Eu o amo; mas vou superar isso, devo superar, não posso deixar de superar; estou superando, sinto isso... Quem sabe? Talvez tudo termine hoje, pois eu o odeio, pois ele tem zombado de mim, enquanto o senhor chorou aqui comigo, pois não me rejeitou como ele fez, pois me ama enquanto ele nunca me amou, pois, na verdade, eu mesma o amo... Sim, eu o amo! Eu o amo como o senhor me ama; já lhe disse isso antes, o senhor ouviu com seus próprios ouvidos — eu o amo porque o senhor é melhor do que ele, porque é mais nobre do que ele, porque, porque ele...

A emoção da pobre garota era tão violenta que ela não conseguiu dizer mais nada; ela pousou a cabeça no meu ombro, depois no meu peito, e chorou amargamente. Eu a consolei, tentei persuadi-la, mas ela não conseguia parar de chorar; ela apertava minha mão e dizia entre os soluços: "Espere, espere, vai passar num minuto! Eu quero contar tudo... não deve pensar que essas lágrimas — não é nada, é fraqueza, espere até passar... Finalmente, ela parou de chorar, enxugou os olhos, e nós voltamos a caminhar. Eu queria falar, mas ela ainda me pediu para esperar. Ficamos em silêncio... Finalmente, ela tomou coragem e começou a falar.

— É assim — ela começou com uma voz fraca e trêmula, na qual, no entanto, havia uma nota que perfurou meu coração com uma doce dor —, não pense que sou tão leviana e inconstante, não pense que posso esquecer e mudar tão rápido. Eu o amei por um ano inteiro, e juro por Deus que nunca, nunca, nem mesmo em pensamento, fui infiel a ele... Ele me desprezou, ele zombou de mim — Deus o perdoe! Mas ele me insultou e feriu meu coração. Eu... eu não o amo, pois só posso amar o que é magnânimo, o que me entende, o que é generoso; pois eu sou assim, e ele não é digno de mim — bem, chega dele. Ele fez melhor do que se tivesse decepcionado minhas expectativas mais tarde, mostrando-me mais tarde o que ele era... Bem, está acabado! Mas quem sabe, meu querido amigo — ela continuou apertando minha mão — quem sabe, talvez todo o meu amor tenha sido um sentimento equivocado, uma ilusão — talvez tenha começado por capricho, por bobagem, porque minha avó me mantinha tão rigidamente? Talvez eu devesse amar outro homem, não ele, um homem diferente, que tivesse compaixão de mim e... e... Mas não falemos mais disso — Nástienka interrompeu, sem fôlego de emoção —, só queria lhe dizer... queria lhe dizer que se, embora eu o ame (não, amava), se, apesar disso, ainda disser... Se sente que seu amor é tão grande que pode, no fim, expulsar do meu coração o meu antigo sentimento — se tiver piedade de mim — se não quiser me deixar sozinha ao meu destino, sem esperança, sem consolo — se estiver disposto a me amar sempre, como faz agora — eu juro ao senhor que a gratidão... que meu amor será, por fim, digno do seu amor... O senhor aceita a minha mão?

— Nástienka! — gritei, sem fôlego, entre soluços. — Nástienka, ah, Nástienka!

— Chega, chega! Bem, agora já chega — disse ela, mal conseguindo se controlar. — Bem, agora tudo foi dito, não foi? Não foi? O senhor está feliz — eu também estou feliz. Não diga mais nada sobre isso, espere; poupe-me... fale de outra coisa, pelo amor de Deus.

— Sim, Nástienka, sim! Já chega disso, agora estou feliz. Eu... Sim, Nástienka, sim, vamos falar de outras coisas, vamos nos apressar e falar. Sim! Estou pronto.

E nós não sabíamos o que dizer: rimos, choramos, dissemos milhares de coisas sem sentido e incoerentes; em um momento caminhávamos pela calçada, então, de repente, voltávamos e atravessávamos a rua; depois parávamos e retornávamos ao cais; éramos como crianças.

— Agora estou morando sozinho, Nástienka — comecei —, mas amanhã! Claro que a senhorita sabe, Nástienka, eu sou pobre, só tenho mil e duzentos rublos, mas isso não importa.

— Claro que não, e a vovó tem a pensão dela, então ela não será um fardo. Temos que levar a vovó.

— Claro, temos que levar a vovó. Mas tem a Matrona.

— Sim, e também temos a Fyokla!

— Matrona é uma boa mulher, mas tem um defeito: ela não tem imaginação, Nástienka, absolutamente nenhuma; mas isso não importa.

— Tudo bem — elas podem viver juntas; só que o senhor precisa se mudar para a nossa casa amanhã.

— Para a casa da senhorita? Como assim? Tudo bem, estou pronto.

— Sim, alugue um quarto com a gente. Temos um andar superior, está vazio. Uma senhora idosa morava lá, mas ela foi embora; e eu sei que a vovó gostaria de ter um jovem morando lá. Eu perguntei a ela: "Por que um jovem?" E ela respondeu: "Ah, porque sou velha; só não pense, Nástienka, que quero ele como marido para você." Então eu percebi que era essa a ideia.

— Oh, Nástienka!

E ambos rimos.

— Pronto, já chega, já chega. Mas onde o senhor mora? Esqueci.

— Ali naquela direção, perto da ponte "X", nos Edifícios Barannikov.

— É aquele prédio grande?

— Sim, aquele prédio grande.

— Ah, eu sei, uma casa bonita; só que é melhor o senhor sair de lá e vir para a nossa casa o mais rápido possível.

— Amanhã, Nástienka, amanhã; devo um pouco do aluguel lá, mas isso não importa. Logo vou receber meu salário.

— E sabe, talvez eu comece a dar aulas; vou aprender algo e depois dar aulas.

— Ótimo! E eu logo vou receber um bônus.

— Então amanhã o senhor será nosso inquilino.

— E iremos assistir *O Barbeiro de Sevilha*, pois logo vão se apresentar novamente.

— Sim, iremos — disse Nástienka — mas é melhor vermos outra coisa, e não *O Barbeiro de Sevilha*.

— Muito bem, outra coisa. Claro, será melhor, eu nem pensei nisso...

Conversávamos assim, caminhávamos como que em um delírio, uma espécie de euforia, como se não soubéssemos o que estava acontecendo conosco. De repente, parávamos e conversávamos por um longo tempo no mesmo lugar; então, voltávamos a andar, sabe-se lá para onde; e novamente lágrimas, novamente risadas. De repente, Nástienka queria ir para casa, e eu não ousava detê-la, mas queria acompanhá-la até a porta; partíamos, e, em quinze minutos, nos encontrávamos novamente no cais, perto do nosso banco. Então ela suspirava, e seus olhos voltavam a se encher de lágrimas; eu sentia um frio de desespero... Mas ela apertava minha mão e me obrigava a andar, a falar, a tagarelar como antes.

— Já está na hora de eu ir para casa; acho que deve estar bem tarde — disse Nástienka, por fim. — Precisamos parar de agir como crianças.

— Sim, Nástienka, só que eu não vou dormir esta noite; não vou para casa.

— Acho que eu também não vou dormir; mas me acompanhe até em casa.

— Mas é claro!

— Só que desta vez precisamos realmente chegar até a porta.

— Precisamos, precisamos.

— Palavra de honra? Porque, sabe, uma hora ou outra, eu tenho que ir para casa!

— Palavra de honra — respondi, rindo.

— Então vamos!

— Vamos! Olhe para o céu, Nástienka. Olhe! Amanhã será um dia lindo; que céu azul, que lua! Olhe: aquela nuvem amarela está cobrindo-a agora, olhe, olhe! Não, já passou. Olhe, olhe!

Mas Nástienka não olhava para a nuvem; ela ficou imóvel, como se petrificada. Um minuto depois, encolheu-se timidamente para perto de mim. Sua mão tremia na minha. Eu olhei para ela. Ela se apertou ainda mais contra mim.

Naquele momento, um jovem passou por nós. De repente, ele parou, olhou fixamente para nós e então deu alguns passos à frente. Meu coração começou a bater forte.

— Quem é, Nástienka? — perguntei em um sussurro.

— É ele — respondeu ela, também sussurrando, encolhendo-se ainda mais perto de mim, ainda mais trêmula...

Eu mal conseguia me manter em pé.

— Nástienka, Nástienka! É você! — ouvi uma voz atrás de nós e, no mesmo instante, o jovem deu vários passos em nossa direção.

Meu Deus, como ela gritou! Como ela se sobressaltou! Como ela se desvencilhou dos meus braços e correu para encontrá-lo! Fiquei parado, olhando para eles, completamente esmagado. Mas ela mal tinha lhe dado a mão, mal tinha se jogado nos braços dele, quando se virou para mim novamente, voltou para o meu lado num instante e, antes que eu entendesse o que estava acontecendo, jogou os braços ao redor do meu pescoço e me deu um beijo caloroso e terno. Então, sem dizer *uma* palavra, correu de volta para ele, segurou sua mão e o puxou consigo.

Fiquei parado por um longo tempo olhando para eles. Por fim, os dois desapareceram da minha vista.

MANHÃ

Minha noite terminou com a manhã. O dia estava chuvoso. A chuva caía, batendo melancolicamente contra o vidro da minha janela; o quarto estava escuro, e o mundo lá fora era cinzento. Minha cabeça doía, e eu estava tonto; a febre começava a tomar conta do meu corpo.

— Tem uma carta para o senhor; o carteiro trouxe — disse Matrona, inclinando-se sobre mim.

— Uma carta? De quem? — gritei, levantando-me da cadeira.

— Não sei, senhor. Melhor olhar — talvez esteja escrito de quem é.

Rasguei o lacre. Era dela!

Oh, perdoe-me, perdoe-me! Eu imploro de joelhos que me perdoe! Enganei o senhor e a mim mesma. Foi um sonho, uma miragem... Meu coração dói pelo senhor hoje; perdoe-me, perdoe-me! Não me culpe, pois eu não mudei em nada em relação ao senhor. Eu lhe disse que o amaria; eu o amo agora, eu o amo mais do que nunca. Oh, meu Deus! Se ao menos eu pudesse amar os dois ao mesmo tempo! Oh, se ao menos o senhor fosse ele!

"Oh, se ao menos o senhor fosse ele", ecoaram em minha mente as suas palavras, Nástienka!

Deus sabe o que eu faria pelo senhor agora! Sei que está triste e desolado. Eu o magoei, mas sabe que, quando se ama, os erros logo são esquecidos. E o senhor me ama. Obrigada, sim, obrigada por esse amor! Pois ele viverá em minha memória como um doce sonho que permanece por muito tempo após o despertar; pois eu sempre me lembrarei daquele instante em que abriu seu coração para mim como um irmão e, tão generosamente, aceitou o presente do meu coração despedaçado para cuidar dele, protegê-lo e curá-lo... Se me perdoar, a lembrança do senhor será exaltada por um sentimento de eterna gratidão que nunca será apagado da minha alma... Guardarei essa lembrança: serei fiel a ela, não a trairei, não trairei meu coração: ele é constante demais. Ele voltou tão rapidamente ontem para aquele a quem sempre pertenceu. Nós nos encontraremos, o senhor virá até nós, não nos deixará, será para sempre um amigo, um irmão para mim. E, quando me vir, me dará sua mão... sim? O senhor vai me dar sua mão, pois me perdoou, não é? Ainda me ama como antes? Oh, ame-me, não me abandone, porque eu o amo tanto neste momento, porque sou digna do seu amor, porque vou merecê-lo... meu querido! Na próxima semana vou me casar com ele. Ele voltou apaixonado, nunca me esqueceu. Não ficará bravo por eu escrever sobre ele. Quero ir vê-lo com ele; vai gostar dele, não vai? Perdoe-me, lembre-se e ame sua

Nástienka.

Li aquela carta várias vezes, repetidamente; lágrimas brotaram dos meus olhos. Por fim, ela caiu das minhas mãos, e escondi o rosto.

— Meu querido! Eu digo, querido... — começou Matrona.

— O que foi, Matrona?

— Tirei todas as teias de aranha do teto; pode fazer um casamento ou dar uma festa.

Olhei para Matrona. Ela ainda era uma velha robusta, meio jovem, mas não sei por quê, de repente, eu a imaginei com os olhos opacos, o rosto enrugado, curvada, decrépita... Não sei por quê, de repente, imaginei meu quarto envelhecido como Matrona. As paredes e o chão pareciam desbotados, tudo parecia sombrio; as teias de aranha estavam mais espessas do que nunca. Não sei por quê, mas quando olhei pela janela, pareceu-me que a casa do outro lado da rua também havia envelhecido e ficado decadente, que o reboco nas colunas estava se soltando e desmoronando, que as cornijas estavam rachadas e enegrecidas, e que as paredes, de um amarelo vivo e profundo, estavam manchadas. Talvez os raios de sol, que haviam surgido por um instante por entre as nuvens, tivessem se escondido novamente atrás de um véu de chuva, e tudo tivesse voltado a parecer sombrio diante dos meus olhos; ou talvez toda a visão do meu futuro tenha surgido de repente, tão triste e ameaçadora, e eu me vi exatamente como estou agora, quinze anos depois, mais velho, no mesmo quarto, igualmente solitário, com a mesma Matrona, que em quinze anos não teria se tornado mais sábia.

Mas imaginar que eu guardaria rancor da senhorita, Nástienka! Que eu lançaria uma sombra escura sobre sua felicidade serena e tranquila; que, com minhas amargas recriminações, causaria sofrimento ao seu coração, que o envenenaria com um arrependimento secreto e o forçaria a bater com angústia no momento da sua felicidade; que eu esmagaria uma única das flores delicadas que a senhorita entrelaçou nos seus cabelos escuros ao ir com ele ao altar... Oh, nunca, nunca! Que o seu céu seja límpido, que o seu doce sorriso seja brilhante e tranquilo, e que seja abençoada por aquele momento de felicidade sublime que concedeu a outro coração solitário e grato!

Meu Deus, um momento inteiro de felicidade! Isso é pouco para a vida toda de um homem?